Sturz in den Tod

Anke Gebert arbeitete in verschiedenen Berufen, bevor sie Autorin von Krimis, Romanen und Biografien wurde. Sie studierte am Deutschen Institut für Literatur in Leipzig, siedelte vor dem Mauerfall nach Hamburg um und absolvierte hier das Masterstudium Film mit dem Schwerpunkt Drehbuch. Anke Gebert hat zwei Schreibtische – einen in Hamburg und einen in Travemünde.
www.ankegebert.de

Dieses Buch ist ein Roman. Handlungen und Personen sind frei erfunden. Ähnlichkeiten mit lebenden oder toten Personen sind nicht gewollt und rein zufällig. (Außer »Jon«, er hat mir erlaubt, dass er in dieser fiktiven Geschichte in einer Szene auftaucht.) Travemünde ist einer der schönsten Orte, die ich kenne. Ich habe mir erlaubt, es als Kulisse für diesen Roman zu wählen.

ANKE GEBERT

Sturz in den Tod

KÜSTEN KRIMI

emons:

Bibliografische Information der Deutschen Nationalbibliothek
Die Deutsche Nationalbibliothek verzeichnet diese Publikation in der Deutschen Nationalbibliografie; detaillierte bibliografische Daten sind im Internet über http://dnb.d-nb.de abrufbar.

MIX
Papier aus verantwortungsvollen Quellen
FSC® C083411

Umschlagfoto: fotolia.com / oliver-marc steffen
Umschlaggestaltung: Tobias Doetsch
Druck und Bindung: CPI – Clausen & Bosse, Leck
Printed in Germany 2012
ISBN 978-3-89705-988-7
Küsten Krimi
Originalausgabe

Für Ralf

Das Gegenteil von Liebe ist nicht Hass,
sondern Gleichgültigkeit.

Elie Wiesel

Prolog

Es hat lange funktioniert, dachte sie, ich habe erstaunlich lange funktioniert.

Sie sah auf den Infusionsständer neben sich, drehte den Kopf mühsam zum Monitor am Kopfende ihres Bettes.

»Schlaganfall«, sagte der Arzt, »keine Sorge, nur ein leichter. Sie werden sprachlich nicht eingeschränkt bleiben. Und das mit dem linken Arm, das kriegen Sie auch bald wieder hin.«

Sie nickte.

»Ich verstehe das nicht so richtig«, sagte der Arzt, »Ihre Befunde sehen nicht nach einem solchen Zusammenbruch aus. Körperlich sind Sie ein recht gesunder Mensch. Ist denn irgendetwas anderes?«

»Nein!«, wollte sie erwidern, doch sie konnte nicht sprechen. Sie versuchte den Kopf zu schütteln. Der Arzt legte seine Hand kurz zur Beruhigung auf die Bettdecke. »So ein Schlaganfall kann auch mal durch Stress ausgelöst werden, psychischen. Also, wenn da etwas sein sollte, müssen Sie es angehen. Damit wir uns hier nicht wiedersehen und Sie vielleicht nicht so gut wie dieses Mal davonkommen. Okay?«

Sie versuchte zu nicken. Dabei kamen ihr die Tränen. Sie konnte sich nicht erinnern, wann sie das letzte Mal geweint hatte. Hatte sie überhaupt schon mal geweint? Sie wollte sich die Tränen wegwischen. Doch ihr linker Arm war wie gelähmt und der rechte hing an dieser verdammten Infusion.

Der Arzt sagte im Hinausgehen: »Im Schwesternzimmer können Sie sich die Kontaktdaten einer Therapeutin geben lassen, bevor Sie uns verlassen. Ist eine, die ich empfehlen kann. Und ich rate Ihnen, mit dem Rauchen aufzuhören.«

Sie wandte das Gesicht zum Fenster. Ganz bestimmt werde ich das nicht tun, dachte sie, das mit der Therapeutin nicht und das mit dem Rauchen auch nicht! Dieser Arzt roch doch selbst nach Qualm!

Sie war allein in dem Zimmer, allein mit der alten Frau dort im anderen Bett, die nicht zählte, weil sie nur noch so dalag und sich nicht rührte. Allein war sie, wie damals. Fixiert an dieses Bett, wie damals. Als wäre es ihre Schuld, dass sie jetzt hier sein musste.

Immer war es ihre Schuld.

Als sie vier oder fünf Jahre alt war, hatte sie angefangen das zu glauben. Hatte es geglaubt, bis sie erwachsen war. Und jetzt fing sie wieder damit an. Das musste aufhören! Sie war Mitte vierzig! Sie wollte nicht, dass das von vorn losging. Es hatte doch gut funktioniert. All die Jahre, bis heute. Sie hatte gut funktioniert. Sie musste etwas tun, dass es wieder so sein würde.

Endgültig.

EINS

Graue Wolken zogen über Travemünde. Jedes Mal, wenn ein Stück blauer Himmel sichtbar wurde, erschien für einen Augenblick die Sonne und ließ das Meer glitzern. Nina stand am Fenster und sah durch das Fernglas. Die »MS Azzuro« lief aus dem Hafen über die Trave, mit dreimaligem Hupen und einer scheppernden Begleitmelodie. Aus dem neunundzwanzigsten Stockwerk wirkte das Lotsenboot, welches das Kreuzfahrtschiff hinausbegleitete, unwirklich klein, wie auch die vielen Segelboote, die im Jachthafen lagen, und die wenigen, mit denen sich die Besitzer bei diesem Wetter hinaus auf die Ostsee gewagt hatten.

Es war Ende Juni, und es war kalt in Travemünde. Von den vielen Strandkörben, die seit Pfingsten bereitstanden, waren nur wenige belegt. Am Priwall trauten sich zwei oder drei Leute ins Wasser. Ein paar Hunde tobten dort den Strand entlang. Gerade legte die Priwall-Fähre an, nur vereinzelte Spaziergänger stiegen aus.

Nina liebte den Blick aus diesem unbewohnten Apartment im neunundzwanzigsten Stockwerk des Maritim. Immer bevor sie sich hier Staubsauger, Wischeimer und Putzmittel herausholte, nahm sie das alte Fernglas, das auf einem Bord stand, und blickte über die Trave.

Vier Wohnungen musste sie an diesem Tag putzen. Frau Bergmanns zuerst. Nach dem Tee mit der älteren Dame hatte diese Nina einen Schlüssel für das »Kinderzimmer« gegeben, wie Frau Bergmann dieses kleine Apartment immer noch nannte. Das Apartment war längst eine Abstellkammer geworden. Kinder hatten hier schon lange nicht mehr gewohnt. Nicht mal Ninas Mutter konnte sich erinnern, dass Frau Bergmann in den letzten Jahren Besuch gehabt hätte, und Ninas Mutter putzte seit etwa dreißig Jahren im Maritim. Nina erst seit acht Wochen. Seit ihre Mutter es mit der Bandscheibe hatte, war sie eingesprungen, damit der kleine Nebenjob in der Familie blieb. Bis Ninas Mutter wieder arbeiten konnte, vielleicht wieder beim

Stadtbäcker und hier nebenbei. Und bis Nina dann nach Hamburg zurückkehren konnte.

Ihr Handy klingelte. Auf dem Display sah sie die Nummer von Jan und drückte den Anruf weg.

Die »Finnlines« fuhr hinaus, mit nur vier Lastkraftwagen beladen. Auf der »Passat«, dem historischen Segelschiff, standen ein paar Besucher an der Reling. Nina ließ das Fernglas sinken. In zwei Stunden musste sie Frau Bergmanns Wohnung im dreißigsten Stock geputzt haben. Neunzig Quadratmeter, eine Eckwohnung im Maritim, mit überwältigendem Panoramablick vom sogenannten Rundumbalkon aus über die Ostsee, die Lübecker Bucht, den Badestrand und die Hafeneinfahrt.

Nina fuhr im Fahrstuhl mit Staubsauger und Eimer eine Etage nach oben. Wie von den anderen vier Maritim-Bewohnern, für die sie zurzeit putzte, hatte sie auch die Wohnungsschlüssel von Frau Bergmann, sie hingen seit Jahren im Haus ihrer Mutter am Schlüsselbord.

Frau Bergmanns Wohnung war bis auf Küche und Badezimmer komplett mit Teppichboden ausgelegt, auf dem ein paar kostbar wirkende Brücken lagen. Fast alles war recht alt in dieser Wohnung, die Frau Bergmann und ihr Mann vor achtunddreißig Jahren gekauft hatten. Noch bevor das Maritim überhaupt fertiggestellt worden war, waren die meisten Wohnungen verkauft gewesen. Niemand hatte damals vermutet, dass es so kommen würde. Nicht die Travemünder, die erbittert gegen dieses Hochhaus mit fünfunddreißig Stockwerken kämpften, weil sie es als architektonischen Schandfleck empfanden – und auch nicht diejenigen, die damals ihre Häuser aufgeben sollten, damit das Maritim auf ihren Grundstücken gebaut werden konnte. Selbst die Bauherren glaubten damals nicht daran, dass man ihnen die teuren Wohnungen im Hochhaus förmlich aus den Händen reißen würde, doch so war es dann gekommen. Bald wurden, obwohl sie nur sechzehn oder neunzehn Quadratmeter groß waren, sogar die Kammern verkauft, die auf jeder Etage als Wirtschaftsräume angelegt waren. Die Käufer bauten kleine Pantry-Küchen ein, stellten ein Bett, einen Tisch und einen Stuhl hinein, Hauptsache, man hatte eine Bleibe in Travemünde – im Maritim. Auch Frau Bergmann hatte einen solchen winzigen Raum dazugekauft, *das Kinderzimmer*. Inzwischen waren ihr Sohn und auch dessen Tochter längst erwachsen, und das kleine Apartment war zum Abstellraum geworden. Frau Bergmann hatte Ninas Mutter schon vor Jahren erlaubt, ihre Putzsachen dort unterzustellen.

Nina schloss die Wohnung von Frau Bergmann auf. Die alte Dame war wie immer ins dreißig Stockwerke tiefer gelegene Schwimmbad gefahren, das sie als Wohnungseigentümerin genauso nutzen durfte wie die Gäste des in den unteren Stockwerken untergebrachten Hotels.

Seit einigen Jahren lebte Frau Bergmann ständig hier und fuhr jeden Morgen hinunter, um nach dem Schwimmen noch drei Saunagänge zu absolvieren und sich auf dem Rückweg an der Rezeption der Residenz ein Mohnbrötchen abzuholen.

Wie auch ihre Mutter mochte Nina Frau Bergmann am liebsten von denen, für die sie hier putzte. Das wöchentliche Ritual, vor dem Putzen gemeinsam Tee zu trinken, war nie langweilig und außerdem als Arbeitszeit bezahlt. Manchmal steckte Frau Bergmann ihr etwas mehr Geld als vereinbart zu oder schenkte ihr Marzipan von Niederegger, niemals mit abgelaufenem Verfallsdatum, wie andere ältere Leute es gern taten, sondern immer gerade erst in dem schönen und teuren Niederegger-Geschäft in der Travemünder Vorderreihe gekauft.

Dies alles entschädigte Ninas Mutter und nun auch Nina für das recht schwierige Reinigen der Wohnung. Jede Menge Dinge standen auf Beistelltischchen und Borden. Alles musste Nina beim Staubwischen anheben. Und Staub gab es Woche für Woche reichlich. Er saß in den vielen dicken Teppichen, den Kissen und Decken, die hier schon seit Jahren lagen. Nina spülte zuerst die Teegedecke ab und räumte sie zurück zu dem übrigen Geschirr von Wedgwood. Fast alle Silberbestecke im Schrank waren schwarz angelaufen. Vielleicht, überlegte Nina, sollte sie Frau Bergmann vorschlagen, das Silber für sie zu reinigen. Doch so selten, wie Frau Bergmann es benutzte, wäre es wohl bald wieder angelaufen.

Nina hob ein in Silber gerahmtes Foto von Frau Bergmanns

Sohn als kleinem Jungen hoch, dann eines von der Enkeltochter und eines vom verstorbenen Ehemann und wischte darunter Staub. Auch unter den Blumentöpfen, den Kerzenleuchtern, den kunstvollen Vasen und Schalen. Dann saugte sie und wendete sich schließlich dem Balkon zu.

Nina wischte die Balkonmöbel ab, die Frau Bergmann in diesem Jahr wohl kaum benutzt hatte. Zurück in der Wohnung, erschrak sie, als sie das kurze, zweifache Läuten des Fahrstuhls auf der Etage hörte. Ein Blick auf die Uhr mahnte zur Eile, Nina wollte wie vereinbart fertig sein, bevor die alte Dame aus dem Schwimmbad zurückkehrte. In einem der beiden Schlafzimmer lag ein kleiner Stapel Bügelwäsche. Die fertig gebügelte Wäsche sortierte Nina in den Schrank, in dem zwischen den Handtuchstapeln Myrurgia-Maja-Seifen lagen. Sie hängte eine Bluse in den Schrank und war wieder einmal verdutzt darüber, dass die Kleidungsstücke, die Frau Bergmann trug, im Gegensatz zu ihrer Einrichtung sehr modern und sehr elegant waren, manche sogar sexy. Einige sahen aus, als habe Frau Bergmann sie in der edlen Boutique Osterburg am Strandbahnhof gekauft. Nina betrachtete ein Teil nach dem anderen. So manches hätte ihr selbst gefallen, ein paar abgelegte Sachen hatte auch ihre Mutter schon bekommen. Nina fragte sich, wann Frau Bergmann das alles trug. Sie kannte die alte Dame nur im Bademantel, nur kurz vor ihrem Gang ins hauseigene Schwimmbad.

Mehrere Taschenmodelle von Comtesse standen am Boden des Schrankes, sehr teuer, sehr elegant, absolut passend für eine Dame wie Frau Bergmann. Einige hatten einen stilisierten massiven goldenen Engel als Verschluss. Nina hockte sich vor den Schrank und griff nach der größten Tasche, um den schönen Verschluss auszuprobieren.

Die Tasche klappte auf.

Sie war voller Geldscheine.

Als Nina endlich den Blick davon abwenden konnte, verschloss sie eilig die Tasche und stellte sie in den Schrank zurück. Sie hastete ins Wohnzimmer, in die Küche und rief nach Frau Bergmann. Die alte Dame war glücklicherweise noch nicht zurück. Nina öffnete die Wohnungstür. Niemand auf dem Flur.

auch keiner der Fahrstühle war nach oben in Bewegung. Sie eilte zurück ins Schlafzimmer, holte die Tasche hervor, ließ sie aufschnappen und fasste hinein. Bis auf den Boden voller Geld. Fünfziger, Hunderter, Zweihunderter. Was wollte Frau Bergmann mit so viel Geld? Hatte sie es von der Bank geholt? Wegen der Bankenkrise vielleicht? Alle Scheine lagen durcheinander, lose, nicht gebündelt. Nina fuhr wieder und wieder mit der Hand zwischen die Scheine. Vielleicht waren es Millionen, sie hatte keine Ahnung, wie viel Euro in eine solche Tasche passten. Sie verschloss sie wieder und putzte weiter wie in Trance: das Badezimmer mit dem Chanel-Parfüm auf dem Bord und der Myrurgia-Seife am Waschbecken.

Nachdem Nina all ihre Putzmittel auf dem dicken Teppich im Flur deponiert hatte, sah sie sich noch einmal in der Wohnung um, prüfte, ob alles in Ordnung war, doch sie konnte sich kaum konzentrieren. Sie ging zurück ins Schlafzimmer. Öffnete den Schrank. Bückte sich und öffnete noch einmal die Tasche. Nina griff mit geschlossenen Augen hinein. Sie rieb mit den Fingern die Scheine. Sie wollte nur einen hervorholen, nur einen einzigen Schein. Es würde Frau Bergmann nicht auffallen, dass er fehlte, es würde sie nicht schmerzen. Es würde sie nicht mehr schmerzen, als wenn Nina aus der stets vollen Schale mit dem Niederegger-Konfekt, die auf dem Couchtisch stand, heimlich ein Stück naschte, davon war Nina überzeugt. Nicht mehr, als wenn sie bei Herrn Schadt heimlich einen Schluck seines über zwanzig Jahre alten Whiskeys probierte. Nicht mehr, als wenn sie heute bei Herrn Schadt heimlich mehrere Schlucke Whiskey aus verschiedenen Flaschen probieren würde, auf den Schreck, den sie zuvor in Frau Bergmanns Wohnung bekommen hatte, als sie diese Tasche geöffnet hatte. Auf den Schreck, dass sie es fertigbrachte, den Hunderter, den sie jetzt in den Händen hielt, tatsächlich in die Tasche ihrer Jeans zu stecken. Und dann nochmals in Frau Bergmanns Tasche zu greifen.

***

Elisabeth Bergmann bückte sich, fasste in die Comtesse-Tasche in ihrem Schrank und holte zwei Handvoll Scheine hervor, die sie flüchtig glatt strich, übereinanderlegte und dann in ihre neue Abendtasche von MCM steckte. Etwa eintausend Euro würden reichen für einen schönen Abend im Casino. Elisabeth Bergmann empfand oft eine geradezu diebische Freude, seit sie vor etwa einem Jahr entschieden hatte, nur noch genau das zu tun, was ihr gefiel – mit ihrem Geld. Und mit ihrem jungen Freund. Sie nannte ihn immer ihren jungen Freund, jedoch nur in Gedanken, denn niemand sollte etwas von ihr und ihm wissen. Niemand im Maritim und niemand im Casino des Columbia Hotels, in dem Elisabeth Bergmann Stammgast war. Und schon gar nicht ihr Sohn.

Es fühlte sich noch immer an wie ein Abenteuer, wenn sie ihren jungen Freund im Casino traf, wo sie verabredet waren, ohne dass jemand davon wusste oder es bemerkte. Das Heimliche hatte einen großen Reiz. Vielleicht war dies der Hauptgrund, weshalb manche Menschen heimlich Affären begannen und zu Ehebrechern wurden. Elisabeth Bergmann brach keine Ehe, denn ihr Mann war seit fünf Jahren tot. Und auch ihr junger Freund war nicht verheiratet. Er war jedoch fast dreißig Jahre jünger als sie. Elisabeth wollte sich den Kommentaren neidischer älterer Frauen und Männer nicht aussetzen. Und auch nicht einem weiteren Streit mit ihrem Sohn, der sowieso nur Sorge hatte, seine alte Mutter könnte verrückt geworden sein und das Erbe, auf das er und seine Frau bereits lauerten, mit einem jungen Liebhaber verprassen.

Elisabeth Bergmann sah noch einmal in den Spiegel. Sie fand sich verjüngt, seit sie ihren Freund hatte. Ihr Dekolleté schimmerte von den feinen Goldpartikeln, die sie mit einem Puder aufgetragen hatte. Ihr Top glitzerte unter tausend Pailletten in allen Farben des Regenbogens. Er liebe sie, hatte ihr junger Freund mal gesagt. Es war schon eine Weile her. Sie hatte so etwas wie Glück empfunden. Und wenn es nur das Glück war, nicht zu den Frauen zu gehören, die aufgrund ihres Alters nicht mehr begehrt wurden. Sie musste alles tun, dass er sie weiterhin begehrte.

Im Fahrstuhl betrachtete sie sich noch einmal in den Spiegelwänden und wischte eilig etwas Lippenstift von den Zähnen.

In der vierten Etage stieg ihr Freund dazu. Nachdem sich die Tür geschlossen hatte, küsste er sie neben den Mund. Elisabeth Bergmann drückte ihn lächelnd von sich, denn sie wollte ihm auf der kurzen Fahrt ins Erdgeschoss noch einen Teil der Scheine aus ihrer Tasche zustecken.

Sie ging in sicherem Abstand zu ihrem jungen Freund am Pförtner vorbei, nicht ohne diesen wie immer freundlich zu grüßen, denn schließlich kannte sie ihn schon seit vielen Jahren. Auf der Promenade sahen sie und ihr Freund sich wieder. Auf dem Weg in Richtung Columbia lagen zwischen ihnen etwa fünfzig Meter Abstand.

Möwen kreischten am Strand. Wenn die meisten Besucher abends die Strandkörbe verlassen hatten, machten sich die Vögel daran, den Sand um die Strandkörbe herum nach Essensresten abzusuchen. Elisabeth Bergmann musste daran denken, dass sie kürzlich in den Lübecker Nachrichten gelesen hatte, dass sich Urlaubsgäste bei der Gemeindeverwaltung über das Möwengeschrei beschwert hatten. Die Verwaltung hatte daraufhin zu erklären versucht, dass Möwen nun mal an Ostseestränden vorkämen. Amüsant fand Elisabeth das, und noch amüsanter, dass die Urlauber vermutlich gar nicht die Möwen gemeint hatten, sondern die Hunderte von Krähen, die sich in den Bäumen am Strandbahnhof eingenistet und Tag und Nacht gekreischt hatten.

Vor dem Columbia Hotel brannten große Fackeln. Auf der Terrasse zum Meer hin saßen in Decken gehüllt noch ein paar Gäste und speisten. Sie hatten sich einen der schönsten Plätze in Travemünde ausgesucht. Elisabeth ging durch den Haupteingang auf der Rückseite des Hotels direkt ins Casino. Ihr junger Freund ging durch das Restaurant auf der Vorderseite. Nur für diesen Moment verlor sie ihn aus den Augen – wie aufregend es doch war, zu wissen, dass sie ihm in wenigen Minuten am Spieltisch wieder begegnen und gelegentlich wie zufällig seinen schönen jungen Körper streifen und ihm Jetons oder Geldscheine zustecken würde. Heimlich.

ZWEI

Am nächsten Morgen stand Nina vor Frau Bergmanns Tür, obwohl sie an diesem Tag nicht bei ihr putzen sollte. Sie klopfte mit dem schweren, an einem Löwenkopf befestigten Eisenring gegen die massive Eichentür des Apartments.

Nina wusste zwar, dass Frau Bergmann wie jeden Morgen in ihrem weißen Bademantel ins Schwimmbad gegangen war, dass sie, in dunkelblauem Badeanzug und weißer Rüschenbadekappe, begonnen hatte, eine kurze Bahn nach der anderen zu schwimmen, doch sie wollte ganz sichergehen, dass niemand in dem Apartment war, bevor sie heimlich aufschloss. Hoffentlich hatte Frau Bergmann nicht ausgerechnet heute Besuch oder ließ die Saunagänge ausfallen und kam eher zurück. Nina würde dann so tun, als hätte sie den Schlüssel für die Abstellkammer vergessen. Das war die Ausrede, die sie sich zurechtgelegt hatte, seit das schlechte Gewissen sie plagte wegen der fünfhundert Euro, die sie aus der Tasche hatte mitgehen lassen. *Mitgehen lassen*, das hörte sich für Nina besser an als *geklaut*. Doch, Nina hatte Frau Bergmann beklaut. Frau Bergmann, die immer so großzügig zu ihr gewesen war und zu ihrer Mutter all die Jahre zuvor. Nichts rechtfertigte diesen Diebstahl, der sich deutlich von ihren sonstigen kleinen Klauereien von Lippenstiften oder Wimperntusche unterschied. In »ihrem« Zimmer im Haus ihrer Mutter, in das sie vor ein paar Wochen wieder eingezogen war, hatte Nina immer wieder heimlich das Geld betrachtet und gespürt, dass sie sich nicht daran würde erfreuen können. Sie mochte dieses Geld nicht mehr haben, sie würde es zurücklegen.

Vorsichtig schloss sie die Tür auf.

Die Balkontür stand weit offen. Frau Bergmanns Teetasse stand draußen auf dem Tisch. Heute war ein für diesen bisherigen Juni ungewöhnlich warmer Morgen. Keine Wolke am Himmel, die Ostsee fast spiegelglatt. Die »MS Peter Pan« fuhr gerade aufs Meer hinaus, vorbei an der »Passat«. Kein Wunder, dass die

Bewohner des Maritim für diesen Blick bereitwillig so viel mehr Geld bezahlten als für eine Immobilie ohne Meerblick in Travemünde.

Außerdem war man in diesem Turm, wie Nina das Hochhaus nannte, eingebettet in ein Hotel, mit Pförtnern, die niemanden hineinließen, der nicht hineingehörte. Man war eingeladen, auch die anderen Annehmlichkeiten des Hotels zu nutzen: Sauna, Schwimmbad, Tiefgarage, den im Maritim ansässigen Frisiersalon, Kosmetik, Massage, die Restaurants, den günstigen Mittagstisch im Pub, oder abends einfach, ohne sich extra einen Mantel überziehen zu müssen, mit dem Fahrstuhl in die Night-Sailor-Bar hinunterzufahren, um bei Livemusik noch einen Absacker zu trinken. Oder im Bademantel ins Freie hinauszutreten und nach wenigen Schritten am Strand zu sein und im Meer schwimmen zu können. Der pure Luxus, den Frau Bergmann und ihr Mann vor achtunddreißig Jahren hatten bezahlen können.

Nina überlegte, ob sie neidisch auf Frau Bergmann war. Sie beschloss, dass sie es nicht sein wollte.

Zum kleineren Schlafzimmer stand die Tür offen. Es irritierte Nina, dass das breite Bett zerwühlt war. Die feine Bettwäsche war in Schwarz und Gold gehalten, Motive von Versace. In Nina stieg der Impuls auf, das Bett zu richten und mit dem großen cremefarbenen Überwurf zu bedecken. Frau Bergmann hatte sich noch nie ein Bett von Nina machen oder beziehen lassen, im Gegensatz zu anderen Leuten, bei denen sie und ihre Mutter putzten. Nina riss sich zusammen. Sie war heimlich hier.

Sie ging zum Schrank im zweiten Schlafzimmer und merkte sich genau, wie die Tasche stand und wie die Mäntel darüber hingen. Sie öffnete vorsichtig den goldenen Verschluss mit dem stilisierten Engelskopf und schob die Geldscheine zwischen die vielen anderen Scheine zurück, verschloss die Tasche, den Kleiderschrank und die Wohnung.

Danach stand Nina erleichtert in der unter Frau Bergmanns Wohnung gelegenen Abstellkammer und sah durch das Fernglas. Ein paar Segelboote dümpelten bei Flaute vor sich hin. Vielleicht sollte sie ab heute täglich in der Ostsee schwimmen, überlegte Nina, wenn sie nun schon mal zurück in Travemünde war und das Meer so dicht vor der Tür hatte. Die meisten Einheimischen gingen kaum noch zum Strand und erst recht nicht ins Wasser, vielleicht, weil sie es jeden Tag tun könnten, wenn sie nur wollten, vielleicht, weil der Alltag viele vergessen ließ, dass sie am Meer lebten.

Heute musste Nina insgesamt drei Wohnungen im Maritim putzen, von Eigentümern, die gelegentlich übers Internet vermieteten, weil sie selbst die Bleibe im Maritim kaum nutzten und durch Vermietung wenigstens einen Teil der Unkosten reinholen konnten. Ninas Mutter bekam dann die zwischen Vermieter und Gästen vereinbarte Summe für die Endreinigung ausbezahlt.

Bereits zwei Stunden später brachte Nina die Putzutensilien in die Kammer zurück. Es war ein Leichtes gewesen, die Wohnungen zu reinigen, weil keiner der Gäste die Endreinigungssumme zum Anlass genommen hatte, das Apartment verdreckt zu hinterlassen. Fürs Erste Feierabend, dachte Nina und stellte sich mit dem Fernglas ans Fenster. Doch sie musste heute ihrer Mutter noch bei der Buchhaltung helfen, und sie selbst sollte endlich mal wieder ihre Akquisebemühungen intensivieren, um an mehr Aufträge als Übersetzerin zu kommen, damit sie ihre kleine Wohnung in Hamburg halten konnte. Seit Tagen hatte sie das vor, doch sie konnte sich momentan nicht dazu aufraffen. Am liebsten würde sie gar nichts mehr tun. So wie Frau Bergmann. Viel Geld besitzen und bis ans Lebensende davon gut leben.

Trave und Meer waren ruhig. Am Horizont standen die Windräder still.

Plötzlich verdunkelte es sich einen Moment lang vor Ninas Augen. Für die Länge eines Wimpernschlags schien etwas von oben in die Tiefe gefallen zu sein. Dann war durch das geschlossene Fenster ein dumpfer Aufschlag zu hören.

Nina riss das Fenster auf. Doch sie konnte nichts sehen, denn vor dem Fenster war ein Laubengang, der als Notausgang diente und von der Kammer aus nicht einzusehen war. Ein Schre war zu hören. Dann noch einer. Nina eilte hinaus, über den Flur ins Freie. Sie beugte sich über die Brüstung.

Auf dem Vorbau im ersten Stock des Hotels lag ein Mensch. Ein Mensch im weißen Bademantel.

Zwei, drei, vier, immer mehr Leute blickten von ihren Balkonen aus hinüber zu der reglosen Person. Manche hielten sich entsetzt die Hände vor den Mund. Nina eilte zum Fahrstuhl und fuhr hinab ins dritte Stockwerk. Dort nahm sie den Notausgang und sah auf das Dach des Vorbaus der Residenz. Die Frau, die dort auf der alten, mit grünem und rotem Moos bewachsenen Dachpappe lag, hatte verdrehte Beine, Arme, als gehörten sie nicht ihr, aufgerissene Augen und Haare, die nass waren von Blut und Hirn.

Es war Frau Bergmann. Die Fußnägel weinrot lackiert, der nackte Unterleib entblößt.

Nina wich zurück. Sie lehnte sich mit dem Rücken gegen die Brüstung und sah nach oben in die schwindelerregende Höhe zum dreißigsten Stockwerk, aus dem Frau Bergmann vermutlich gefallen war.

Wie konnte das passieren?

War sie etwa gesprungen?

Von Weitem war ein Martinshorn zu hören. Nina wunderte sich, wie viele Leute inzwischen von Balkonen nach unten sahen. Das Maritim hatte heute Morgen beinahe leer gewirkt.

Der Notarztwagen kam die Einfahrt der Residenz herauf. Das Martinshorn verstummte abrupt. Eine Sekunde lang war es still in Travemünde, totenstill.

Dann rief der Pförtner: »Hier entlang!« Notarzt und Sanitäter folgten ihm.

Auf dem Dach beugten sie sich zu dritt über die alte Frau. Der Arzt schüttelte fast unmerklich den Kopf.

Nina wandte sich ab und durchquerte die Eingangshalle des Hotels. Kein Mensch in der Lobby, kein Mensch an der Rezeption. Sie stieg die Marmortreppe zum Ausgang hinab.

Draußen blendete die Sonne sie. Die weißen Segelboote auf der türkisblauen, stillen Ostsee, die gelben, in Reih und Glied stehenden Strandkörbe, der helle Strand – alles kam Nina plötzlich wie eine unwirkliche Bilderbuchansicht vor, so wunderschön, so heil. Zu heil.

Nina verharrte einen Moment auf der Promenade. Menschen standen in Badebekleidung neben ihren Strandkörben und starrten zum Maritim her. Eine große graue Möwe stürzte über Ninas Kopf auf den Weg hinab, um sich mit ihrem dicken Schnabel ein Stück trockenes Brötchen zu schnappen, das auf dem Pflaster lag. Nina spürte die Krallen fast in ihrem Haar. Sie ging weiter – und es war ihr, als würden ihr all die Leute vom Strand aus nachsehen.

***

Pasquale Schöne ging zügigen Schrittes an der Steilküste entlang. Gehen, gehen, bis die Gedanken nicht mehr kreisten. Atmen, durchatmen. Niendorf war sein Ziel. Er war noch nicht mal auf Höhe des alten Golfplatzes, kurz hinter Travemünde, als er kaum noch Luft bekam. Die Felder mit spät blühendem Raps nahm er heute nicht wahr. Die wenigen Spaziergänger, die ihm an diesem Wochentag entgegenkamen, ebenfalls kaum. Nur die Sandkratzer, wie er Frauen mit Nordic-Walking-Stöcken verächtlich nannte, registrierte er, weil sie ihm wegen des Geräusches, das sie mit ihren Stöcken machten, schon von Weitem auf die Nerven gingen.

Pasquale Schöne schob die Sonnenbrille zurecht und wandte sein Gesicht ab, als die Gruppe mit den Stöcken an ihm vorbeikratzte. Obwohl er es eilig hatte, machte er auf der Hermannshöhe halt. Bis jetzt war nur eine Imbissbude geöffnet. Eigentlich hatte Pasquale vor, Kaffee zu trinken, holte sich dann aber ein Bier. Auf dem Weg zu einer der langen Bierbänke machte er kehrt und kaufte sich noch ein Fläschchen Jägermeister dazu Am liebsten hätte er es bereits auf dem Weg zum Tisch ausgetrunken.

Die paar Strandkörbe, die für Gäste der Imbissbude hier oben bereitstanden, waren belegt. Eine Gruppe geistig behinderter Erwachsener machte gerade auf einem Ausflug Station und hatte sichtlich Spaß. Zwei von ihnen saßen knutschend in einem

Strandkorb – in den kurzen Pausen zwischen zwei langen Küssen lachte das Mädchen aufgekratzt, während ihr Begleiter stolz in die Runde schaute. Ein älterer Mann mit Stirnglatze sprang wiederholt auf, sah durch das Fernglas, das er um den Hals trug, und kommentierte lautstark jedes Boot, das auf der Ostsee zu sehen war, »die großen Pötte« und »die kleinen Pötte«. Die großen Pötte faszinierten ihn besonders. Eine übergewichtige Frau, die einen Schutzhelm auf dem Kopf trug, tanzte zwischen den Strandkörben hin und her. Eine andere pflückte Gänseblümchen. Die Betreuer hatten sich separiert und unterhielten sich entspannt.

Pasquale konnte den Blick nicht von jener so unbefangenen Gruppe Menschen abwenden. Er bemerkte, dass er hier auf dieser Blumenwiese, an diesem Ort mit dem sagenhaften Blick übers Meer, trank und rauchte, als hätte er kein Recht, dort zu sein. Gehetzt sah er auf die Cartier an seinem zitternden Handgelenk. Als hätte er keine Zeit … Doch, er hatte Zeit. Und in Zukunft würde er seine Zeit auch genießen können.

***

»Oh Gott, Nina! Was erzählst du mir denn da?«

Ja, weshalb hatte sie es ihrer Mutter eigentlich erzählt? Sie hatte es schon in dem Moment zu bereuen begonnen, als sie das viele Geld in der Tasche in Frau Bergmanns Schrank auch nur erwähnt hatte.

Die Mutter fasste sich an den Rücken.

»Oh Gott, es geht wieder los.«

Nina half ihrer Mutter vom Stuhl auf und führte sie zum Sofa.

»Das kommt, weil du heute schon wieder den ganzen Tag durchs Haus geturnt bist.«

»Einer muss es doch machen!«, jammerte die Mutter.

»Ich bin jetzt hier, ich werde alles machen, bis dein Rücken wieder fit ist.« Nina vermutete, was ihre Mutter sicherlich sogar wusste. Die Schmerzattacken im Rücken wurden nicht durch ein Bandscheibenleiden ausgelöst, sondern waren psychosomatisch bedingt. Angefangen hatte alles vor einem Jahr, als klar wurde, dass Ninas Mutter Marianne den kleinen Laden, den sie seit über dreißig Jahren in der Geschäfts- und Restaurantpassage neben dem Hallenbad betrieb, tatsächlich aufgeben musste. Über dreißig Jahre lang hatte sie dort im Sommer Getränke, Sandeimer, Schaufeln, Eis und Seehunde aus Plüsch verkauft. Im Winter Glühwein, Mützen und Schals. Nina hatte dort in der Schulzeit ihre Nachmittage und Wochenenden verbracht, hatte in Sichtweite ihrer Mutter am Strand gespielt oder war baden gegangen. Jedes Mal, wenn fremde Kinder sie am Strand auf ihre schönen Schaufeln oder Backformen ansprachen, hatte sie stolz erzählt, dass ihre Mama die in ihrem Geschäft verkaufte, was meistens nach sich zog, dass die Kinder ihre Eltern so lange anbettelten, bis ihnen in Mutters Laden eine neue Strandspielausrüstung gekauft wurde.

Der Laden war für Nina und ihre Mutter wie ein Zuhause gewesen – und für manche Kunden auch. Frau Georg und Herr Kogel zum Beispiel waren dreißig Jahre lang jeden Morgen gekommen, um Zigaretten und die Bildzeitung zu kaufen. Bei einem Pott Kaffee hatten sie dann noch einen Klönschnack mit Ninas Mutter gehalten. Der Laden hatte nicht so viel abgeworfen wie das Speiserestaurant oder die Boutique in der Nachbarschaft, doch zusammen mit den Einnahmen aus den Putzjobs im nebenan liegenden Maritim hatte es für Marianne Wagner und ihre Tochter gereicht. Dreißig Jahre lang, und es war allen selbstverständlich erschienen, dass es ein ganzes Leben lang reichen würde. Dann plötzlich das Aus. Auch als die Schwimmhalle nach und nach verfiel, hatte sich kein Travemünder vorstellen können, dass sie jemals abgerissen werden würde. Travemünde brauchte doch ein Schwimmbad für die Urlauber, als Schlechtwettervariante und für den Winter! Nina erinnerte sich, wie aufregend es gewesen war, das erste Mal den gläsernen Turm hochzuklettern und durch die blaue, durchsichtige Riesenrutsche direkt über Mutters Laden hinwegzugleiten.

Als die Schwimmhalle vor einigen Jahren geschlossen wurde, war Nina das gleichgültig gewesen, denn sie hatte längst ihr neues Leben in Hamburg begonnen. Trotz der vielen Ankündigungen, dass auch die Ladenzeile am Schwimmbad neuen Bauvorhaben zum Opfer fallen würde, hatte niemand daran glauben wollen. Die Protestbewegung, die sich für den Erhalt der alten Geschäfte einsetzte, würde Erfolg haben, da waren sich alle Betroffenen sicher. Als dann per Einschreiben der Brief kam, in dem in drohendem Ton der Abrissbagger angekündigt wurde, gab Ninas Mutter schließlich auf. Sie räumte, sie verramschte, sie verschenkte.

Als der Laden leer war, schoss ihr der Schmerz in den Rücken. Erst schob sie es auf den anstrengenden Räumungsverkauf, dann auf die Bandscheiben. Die Mutter nahm Schmerzmittel und fing beim Stadtbäcker als Verkäuferin an. Der Rücken schmerzte weiter bei jeder kleinen Aufregung, die Mutter schob es auf die ungewohnt anstrengende Arbeit im Bäckereigeschäft. Sie wurde lange krankgeschrieben, dann kündigte sie. Sie konnte nicht mehr, auch nicht Wohnungen im Maritim putzen.

Nina war aus Hamburg gekommen, um zu helfen. Vorübergehend. Es musste eine Lösung gefunden werden, es musste für die Mutter weitergehen, damit es hoffentlich bald für Nina in Hamburg weiterging.

Die Mutter schob auf dem Sofa die Hand unter den Rücken.

»Kind, ich verstehe das nicht. Was hast du an den Schränken meiner Kunden zu suchen? Du kannst doch nicht an fremde Sachen gehen!«

Nina deckte ihre Mutter zu und setzte sich zu ihr auf die Sofakante.

»Ich musste etwas in den Schrank legen, und da war diese Tasche, und die stand offen.«

Die Mutter wandte das Gesicht ab.

»Ich habe noch niemals etwas in den Schrank legen müssen! Ich weiß nicht mal, dass die Frau Bergmann da solche Taschen hat. Aber du …«

»Was, ich?«

»Du bist einfach drangegangen. Das hast du ja schon früher gern gemacht. Und wer weiß, ob du nicht wieder –«

»Ich finde viel schlimmer, dass die alte Frau Bergmann tot

ist«, fiel Nina ihrer Mutter ins Wort. »Aber das scheint dich ja nicht zu interessieren.«

Die Mutter legte sich den Unterarm über die Augen. »Was weißt du, wie es in mir aussieht!«

***

Alexander Bergmann saß auf der Terrasse und ließ den Blick über den Garten zum Leinpfadkanal schweifen. Ein junges Paar in einem Tretboot sah her zu ihm und zu seiner Villa. Bewundernd oder neidisch – doch die Genugtuung, die er sonst in solchen Momenten verspürte, stellte sich heute nicht ein.

Er strich mit der Fingerkuppe über den leeren weißen Teller, der vor ihm auf dem Gartentisch stand, und sah durch die offene Terrassentür zu seiner Frau, die Schinkenscheiben aus einem Papier nahm und auf einer Servierplatte drapierte. Als sie den Spargel aus dem Topf in eine passende Schale hob, begann sie ein Lied zu pfeifen, legte aber sogleich erschrocken die Hand über den Mund und sah schuldbewusst zu ihrem Mann. Alexander tat so, als hätte er nichts bemerkt.

»Der Spargel und der Schinken sind von Lindner«, sagte seine Frau, als sie die vollen Schüsseln auf den Tisch stellte und ihrem Mann die Kartoffeln reichte.

Alexander füllte sich auf. Nach dem, was geschehen war, dürfte er keinen Hunger haben, schon gar keinen Appetit. Doch er hatte Appetit. Seine Frau offenbar auch. Es schien ihm, als lächelte sie während des Essens. Er konnte sich nicht erinnern wann sie das letzte Mal vor sich hin gelächelt oder gar ein Lied gepfiffen hatte.

Von irgendwoher kam der Geruch von Grillkohle-Anzünder herübergeweht. Ein Geruch, der nicht hierher passte, fanden Alexander und seine Frau. Doch auch in den nobelsten Villen in den feinsten Gegenden Hamburgs lebten heutzutage Menschen, die es liebten zu grillen. Andererseits konnten sich manche Menschen, denen es früher vorbehalten war, hier zu leben, ihre Villen nicht mehr leisten ... Niemals würde Alexander den Tag vergessen, an dem er zum ersten Mal heimlich durchgerechnet hatte, wie viel Geld seine Frau für ein einziges Abendessen im Delikatessengeschäft Lindner ausgegeben hatte. Es war noch nicht lange her.

»Ich glaube nicht, dass die bei Mutter etwas finden, in der Rechtsmedizin«, sagte er.

Seine Frau nickte und befand den Spargel für etwas zu weich.

Alexander entgegnete, dass der Spargel genau richtig sei. Seine Frau lächelte und fragte, ohne ihn anzusehen, wie es denn nun weiterginge, mit der Beerdigung und allem. Nach der Rechtsmedizin.

Alexander betrachtete Katharina heimlich von der Seite. Sie war immer noch schön, doch das etwas Herbe, das er in ihrem Gesicht einmal so sehr gemocht hatte, weil es seines Erachtens sehr hanseatisch war, hatte sich über die Jahre in Härte verwandelt. Alexander fragte sich, wodurch das geschehen war. Seine Frau hatte sich nie Sorgen machen müssen. Gearbeitet hatte immer nur er und vermieden, seine Frau mit den Problemen, die es in seiner Firma gab, zu belasten. Sie besaßen dieses Haus, eine Villa, die sie seit ihrer Hochzeit vor über zwanzig Jahren bewohnten. Ihre Tochter war nie ein schwieriges Kind gewesen, auch als Teenager nicht. Seit einem halben Jahr studierte Franziska in den USA.

Was war es, das seine Frau hatte so hart werden lassen?

Seine Mutter war tot, durchfuhr es Alexander beinahe wütend, und Katharina redete über die Konsistenz des Spargels.

Plötzlich legte seine Frau das Besteck beiseite und sah ihn an. Ertappt wandte Alexander den Blick ab. Katharina stand auf und küsste ihn auf den Kopf. »Es tut mir sehr leid, dass deine Mutter tot ist.«

Alexander kamen die Tränen. »Ich werde mich um alles kümmern. Ich werde mit der Polizei reden, wann sie die … Wann meine Mutter freigegeben wird zur Beerdigung. Um die Wohnung kümmern werde ich mich auch und um das Testament …«

»Genau so wirst du es machen«, sagte Katharina, wandte sich ab und ging in die offene Küche. »Willst du noch Spargel?«

***

Kaum hatte Nina ihre Strandmatte ausgebreitet, kam es ihr wie ein dummer Fehler vor, den späten Nachmittag hier in der Sonne verbringen zu wollen. Sie ahnte, dass sie keine Ruhe finden würde, so wie es wohl den meisten Einheimischen erging, wenn sie sich aus dem Alltag heraus dorthin begaben, wo andere ihren Urlaub verbrachten. Nina hatte zwar alle Putzjobs der Mutter erledigt, im Maritim und auch zu Hause, doch sie hatte sich wieder nicht um ihre eigentlichen Jobs gekümmert. Weil sie sich nicht konzentrieren konnte, war sie schließlich an den Strand gegangen. Sie musste ständig an die tote Frau Bergmann denken.

Nina saß in der Nähe des Spielplatzes. Auf dem riesigen Trampolin hüpften vergnügt Kinder. Die erste Reihe Strandkörbe stand so weit von Ninas Platz entfernt, dass die Vermieter, eine Travemünder Familie, sie hoffentlich nicht erkennen würden.

Nina nahm eine Wasserflasche aus dem Korb und ein paar Erdbeeren, die sie sich in einem der Erdbeerhäuschen des Hofes Karl am Strandbahnhof gekauft hatte.

Sie sah zum Maritim. Auf dem Vorbau, auf dem Frau Bergmann gelegen hatte, hockten zwei Frauen in Kittelschürzen und schrubbten das Dach. Nina wandte den Blick ab, steckte die Schale mit den Erdbeeren zurück in ihren Bastkorb, setzte sich mit aufrechtem Rücken zum Maritim und blickte übers Meer.

Frau Bergmann hatte immer viel geredet, doch hatte sie wirklich etwas erzählt? Und hatte Nina richtig zugehört? Auch ihre Mutter wusste nur, dass Frau Bergmann einen längst erwachsenen Sohn hatte, der in Hamburg lebte. Und dass es eine Enkelin gab. Dass ihr Mann schon länger tot war und Frau Bergmann nach dessen Tod die Firma an ihren Sohn übergeben hatte und von Hamburg nach Travemünde gezogen war. Ihr einstiges Feriendomizil war nun seit Jahren Frau Bergmanns fester Wohnsitz gewesen. Hier sei sie glücklich, hatte sie immer wieder betont. Hier könne sie bis ans Ende ihrer Tage leben. Hier habe sie fast alles, was das Leben eines älteren Menschen angenehm mache. Sogar eine Gegensprechanlage – sobald sie dort den

Hörer abnehme, sei einer der Pförtner dran. Man könnte sich Lebensmittel und Getränkekisten liefern lassen. Ein Arzt komme bei Bedarf ins Haus, aber bisher habe sie noch keinen gebraucht, so weit sei es noch lange nicht. Aber wenn doch eines Tages, dann wolle sie hier sterben und nicht im Seniorenheim auf der anderen Seite der Trave, dessen Bewohner zweifellos an der Endstation waren. Hier dagegen, im Maritim, komme sie sich vor wie ein Gast in einem guten Hotel.

Nina glaubte nicht, dass Frau Bergmann aus Versehen über die Brüstung des Balkons gestürzt war. Aber weshalb sollte sie gesprungen sein? Oder hatte ihr ein Arzt irgendeine schreckliche Krankheit offenbart? Noch vor zwei Tagen, als Nina bei Frau Bergmann geputzt hatte, wies nichts darauf hin. Auch Ninas Mutter hatte keine Erklärung dafür, weshalb Frau Bergmann gesprungen sein könnte. Und wäre eine Dame wie sie auf diese Weise gesprungen? Im Bademantel, unter dem sie nichts trug? Wohl wissend, dass ihr nackter Körper entblößt werden könnte? Niemals, davon war Nina überzeugt. Frau Bergmann hätte sich einen eleganteren Abgang in den Tod verschafft.

Was Nina allerdings irritiert hatte, war etwas, das ihre Mutter ihr heute zum ersten Mal erzählt hatte: Im Laufe der achtunddreißig Jahre, die es das Maritim inzwischen gab, hatten sich angeblich schon mehrere Menschen in den Tod gestürzt. Der Ausblick von den hoch gelegenen Balkonen weckte bei einigen vermutlich Todessehnsucht, zog manche direkt in die Tiefe. Makler rieten älteren Menschen inzwischen zu Wohnungen in den unteren Stockwerken.

Nina rollte die Strandmatte zusammen, strich sich den Sand von den Jeans und packte ihre Korbtasche wieder ein. In ihren roten Flip-Flops spürte sie bei jedem Schritt den warmen Sand an den Füßen. Sie verließ den Strand und ging an die Rezeption der Maritim-Residenz. Frau Schneider hatte heute Nachmittag Dienst, sie würde Nina sagen können, ob es tatsächlich schon Selbstmorde hier gegeben hatte. Frau Schneider arbeitete seit achtzehn Jahren als Pförtnerin in der Residenz.

Bei der Pförtnerin stand ein Paar am Tresen. So tragisch wie alle dreinblickten, war klar, worüber sich die drei unterhielten.

Nina setzte sich in die kunstlederne Couchgarnitur im Eingangsbereich, um abzuwarten, bis Frau Schneider endlich allein war. Urlauber, die gerade angereist waren, luden vor dem Eingang Essensvorräte, Koffer und Taschen in einen der hauseigenen großen Metallwagen, um diesen in eine für den Urlaub angemietete Eigentumswohnung zu bugsieren. Frau Schneider wies die Leute in einen der Fahrstühle ein.

»Kindchen, Kindchen, ist das nicht alles furchtbar«, sagte sie, als sie an Nina vorbei zurück an ihren Tresen ging. Nina begab sich zu ihr.

»Frau Bergmann kannte ich vom ersten Tag an, den ich hier arbeite. Immer freundlich, immer nett. Stürzt sich vom Balkon. Ich kann das immer noch nicht glauben!«, sagte die Pförtnerin.

»War denn etwas mit ihr? Hatte sie Probleme?«, fragte Nina.

Frau Schneider schüttelte den Kopf. »Glaube ich nicht. Aber man steckt ja in den Leuten nicht drin. Sie kommen jeden Tag hierher, holen ihre Zeitung, ihr Brötchen und lächeln einen an. Man glaubt sich zu kennen. Doch man kennt sich nicht wirklich. So ist das heutzutage. Nicht nur bei dir in der Großstadt.« Frau Schneider musterte Ninas legere Sommerkleidung. »Wie geht es denn deiner Mutter? Kommt sie bald zurück?«

Nina zog die Schultern hoch. »In der nächsten Zeit springe ich noch für sie ein. Stimmt es eigentlich, dass sich hier schon mehrere Leute vom Balkon gestürzt haben?«

Frau Schneider riss die Augen auf und sah beunruhigt zu den Fahrstühlen und zum Eingang. »Mehrere. Ach, was heißt hier mehrere! In deiner Großstadt werden es sicherlich mehr sein. Ist für die Lebensmüden eben eine sichere Sache. Da baut einer so ein schönes hohes Haus, und die Leute nutzen es, um sich runterzustürzen. Nein, nein, viele waren es bei uns nicht! Manche von denen haben hier gar nicht gewohnt. Haben sich irgendwie ins Haus geschlichen, ab in den dreiunddreißigsten Stock auf die Notausgänge – und runter. Schrecklich, so was.«

»Aber die Frau Bergmann, die war doch nicht lebensmüde.«

»Kind, wer weiß das schon? Du müsstest sie besser kennen als ich, du warst immerhin schon öfter in ihrer Wohnung. Und deine Mutter erst. All die Jahre. Ich stehe nur hier unten. Ein bisschen klönen hier, mal helfen da, aber in der Wohnung von der Frau Bergmann war ich noch nie. Höchstens mal an der Tür, ein Paket abgeben. Hier ist übrigens noch eins, von diesem Kaufsender im Fernsehen. Da hat sie sich immer Schmuck bestellt. Ist ziemlich groß, das Paket, aber federleicht. Ist ganz bestimmt wieder Schmuck drin. Wahrscheinlich total teurer Schmuck. Was mache ich denn jetzt damit?«

»Ich könnte es mit hochnehmen, ich muss sowieso noch etwas zurück in die Abstellkammer bringen.«

Frau Schneider schob ihr das Paket hin.

»Können sich die Erben dann ja drum kümmern, die werden sich freuen.«

***

Nina ging über den dicken, rot gemusterten Teppich, der das Geräusch ihrer Schritte verschluckte. Sie horchte an jeder Tür. In einem der Apartments lief laut ein Fernseher.

Sie sah sich noch einmal um, bevor sie die Tür zu Frau Bergmanns Apartment aufschloss. Sie stellte das Paket auf den Tisch. Die Tür zum Balkon war verschlossen, die Gardine achtlos vorgezogen. Nina war sich sicher, dass die Tür offen gestanden hatte, als sie Frau Bergmann im Schwimmbad wähnte und heimlich die Geldscheine zurück in die Comtesse-Tasche gelegt hatte. Draußen auf dem Tisch stand immer noch die Teetasse.

Im Schlafzimmer war eine der fünf Schranktüren einen Spaltbreit auf. Nina öffnete sie weit. Die Handtücher und Bettbezüge lagen ordentlich wie immer in den Fächern. Wo bewahrte Frau Bergmann eigentlich ihren Schmuck auf, den sie offenbar ständig vermehrte? Nina hatte immer nur die kleine Kristallschale gesehen, in der ein paar schwere goldene Ketten und Ringe lagerten. Frau Bergmanns Schmuck für jeden Tag, den Nina manchmal heimlich anprobiert hatte. Die Kristallschale war leer. Nina sah in den Schubladen nach und fand nichts. Sie wusste, dass sie bei all dem, was sie tat, nur einer Frage auswich: War das viele Geld im Schrank noch da?

Sie öffnete den Schrank. Auf den ersten Blick sah sie, dass die Tasche mit dem goldenen Engelskopf anders dastand, als Nina sie am Morgen hingestellt hatte. Nina ließ den Verschluss aufschnappen. Die Tasche war leer. Als könnte sie sich getäuscht haben, zerrte sie die Tasche hervor und sah noch einmal hinein. Leer. Nina hockte davor, ließ sich auf die Knie sinken.

Ratlos sah sie sich um.

In der Tür stand ein Mann, der sie anstarrte. Nina schrie vor Schreck auf.

»Was tun Sie hier?«, fragte der Mann.

Nina sprang auf.

»Können Sie mir bitte sagen, was Sie hier machen«, wiederholte der Mann.

Nina hatte darauf keine Antwort. Sie ging auf den Mann zu und streckte ihm die Hand entgegen. »Ich bin Nina Wagner. Ich putze hier. Ich ...«

Der Mann nahm ihre Hand nicht und sagte: »Kriminalpolizei.« Er sah auf Ninas Korbtasche, aus der die zusammengerollte Strandmatte aus Bast ragte, das blaue Handtuch mit den Segelbooten lag obenauf. Er sah auf die Flip-Flops, in denen ihre Füße mit dem leicht abgeblätterten roten Nagellack steckten.

»Ich habe hier heute geputzt und etwas vergessen. Ich habe einen Schlüssel.«

Der Fremde sah auf den offenen Schrank. Er nahm sein Handy aus der Jackentasche und drückte eine Nummer. »Kannst du mal hochkommen«, sagte er und steckte das Telefon wieder ein.

»Was haben Sie vergessen?«, fragte er Nina.

»Ich musste noch etwas wegräumen.«

»Ich glaube eher, Sie suchen hier nach etwas. Sie sind hier eingebrochen.«

»Nein! Ich habe einen Schlüssel!« Nina hielt ihm zum Beweis den Schlüssel hin.

Ein zweiter Mann erschien in der Tür. Auch er schien es ernst zu meinen.

DREI

Ein Tag im Winter, Monate zuvor

Der Arzt sollte recht behalten. Ihr blieben keine Folgen von dem Schlaganfall zurück. Keine Lähmungen, keine Sprachstörungen. Die Erinnerungen, die ihr fehlten, hatten ihr auch schon vor dem Schlaganfall gefehlt. Erinnerungen an die Momente, in denen sie als Kind neben sich getreten war. Als würde das, was ihr angetan wurde, oder das, was sie tat, nichts mit ihr zu tun haben. Diese Fähigkeit besaß sie heute noch. Sie war froh darüber, denn so musste sie all das nicht machen, was die anderen taten: »darüber« reden, »darüber« schreiben, sich therapieren lassen, anklagen und um Wiedergutmachung kämpfen. Seit ein paar Jahren machten das viele, die in Kinderheimen untergebracht gewesen waren, die meisten etwa so alt wie sie. Hatten wohl lange funktioniert und waren dann eines Tages zusammengebrochen. So wie sie nun offenbar auch, als sie den Schlaganfall hatte. Sie könnte das Heim verklagen, in dem sie seit Anfang der sechziger Jahre gewesen war, die katholischen Schwestern.

Aber das wäre absurd. Das Heim gab es längst nicht mehr. Die Schwestern waren vermutlich inzwischen tot. Sie würde sich niemals zum Opfer stilisieren. Das war nicht ihre Art. Den Schuldigen zu suchen, denjenigen, der dafür gesorgt hatte, dass sie als Baby ins Heim kam – das war ihre Art.

Eigentlich ein Glück, dass sie schon als Baby ins Heim gekommen war. Denn so hatte sie niemals ein wirkliches Zuhause kennengelernt. Ein Zuhause mit Mutter, Vater, Kind. Sie wusste nicht, was eine Mutter ist. Sie hat erlebt, wie andere Kinder im Heim litten, die erst mit fünf oder sechs Jahren abgeliefert worden waren. Wie die Kinder sich täglich nach ihren Müttern gesehnt hatten, gleichgültig, was diese ihnen angetan hatten. Wie sie geweint und gehofft hatten, dass ihre Mütter bald kämen, sie abzuholen oder wenigstens zu besuchen. Wie sie daran zerbrochen waren, wenn das nicht geschah. Und es war meistens nicht geschehen.

Romy hat das Heim lange nicht in Frage gestellt. Das Heim war ihr

Zuhause, das Normale. Sie kannte nichts anderes. Sie hatte keinen Vergleich. Glaubte, alle Kinder wuchsen auf wie sie selbst – gemeinsam mit den vielen anderen Kindern, den Schwestern. Glaubte, der Speisesaal, die Schlafsäle und das »Besinnungsstübchen«, in das man zur Strafe kam, wären ein Zuhause. Romy musste oft ins Besinnungsstübchen. Es hat ihr nicht viel ausgemacht. Es war das Normale.

Sie hatte lange funktioniert. Auch dann noch, als sie wusste, dass die vielen Momente, in denen sie neben sich getreten war und zugesehen hatte, was ihr geschah, nicht normal gewesen waren. Dass man ihr vieles nicht hätte antun dürfen.

Bisher hatte sie sich nie als Opfer gefühlt. Damit das so blieb, musste sie den wahren Schuldigen zur Rechenschaft ziehen. Den Menschen, der zugelassen hat, dass ihr all das passierte. Den Menschen, der sie den barmherzigen Schwestern im Heim übergeben hatte. Der sie abgeliefert hatte. Ausgeliefert.

***

Nina hatte immer geglaubt, dass alle Handschellen angelegt bekämen, bevor sie zu einer Vernehmung abgeführt wurden. Sie trug keine Handschellen und erinnerte sich, dass einer der Beamten etwas von einer Befragung und einem Protokoll gesagt hatte. Trotzdem war es, als würde sie abgeführt. Niemals würde sie Frau Schneiders entsetzten Blick vergessen, als sie zwischen den beiden Beamten aus der Tür der Maritim-Residenz ging. Sie verlor den Halt in ihren Flip-Flops und stolperte. Die beiden Männer hatten sie sofort fest im Griff. Im Auto setzte sich einer der Beamten neben sie auf die Rückbank.

Nina hatte ihre Strandtasche in Frau Bergmanns Wohnung stehen gelassen, doch sie sagte nichts. Sie musste an ihre Mutter denken, der sicherlich sofort wieder der Schmerz in den Rücken fahren würde, wenn sie erfuhr, was Nina gerade passierte. Gegenüber den Kripobeamten war ihr keine schlüssige Erklärung eingefallen, was sie in Frau Bergmanns Wohnung, in Frau Bergmanns Schrank gesucht hatte. Sie hatte die Tasche voller Geld nicht erwähnt, denn wie sollte sie erklären, dass die Tasche inzwischen leer war?

Einer der Beamten hatte Ninas Korbtasche durchsucht. Nach Verlassen der Wohnung hatten die Polizisten die Tür versiegelt.

Im Auto verließen sie Travemünde in Richtung Autobahn, in Richtung Lübeck. Nina drehte sich verunsichert um. Viele Leute in Autos mit dem Kennzeichen HL für die Hansestadt Lübeck waren in entgegengesetzter Richtung unterwegs, nach Scharbeutz, nach Timmendorf, nach Travemünde. Die Insassen wollten wohl nach Feierabend noch ein paar warme Sonnenstunden am Meer verbringen.

Nach anfänglichem Schweigen begannen die beiden Beamten sich zu unterhalten, so, als wäre Nina nicht anwesend, oder so, als wäre es das Normalste, dass jemand wie sie in diesem Auto saß. Die beiden Männer redeten über die demnächst in Deutschland stattfindende Frauenfußball-Weltmeisterschaft. Nina sah auf die Halbglatze des Mannes, der schräg vor ihr am Steuer saß. Im Nacken war sein Haar nachlässig ausrasiert. Der Mann neben ihr trug einen Bürstenhaarschnitt. Beide hatten noch ziemlich glatte Haut und doch etwas Unlebendiges, das sie vermutlich wesentlich älter erscheinen ließ, als sie waren.

Nina versuchte vergeblich, sich zu konzentrieren. Sie erwog, auf dem Revier von dem Geld in der Tasche zu erzählen. Dann nahm sie wieder Abstand von dem Gedanken. Dann überlegte sie erneut, die Wahrheit zu sagen.

Auf dem Parkplatz vor dem Revier stiegen die Männer schweigend aus. Einer öffnete Nina die Tür. Ein anderer holte zu Ninas Verwunderung ihre Korbtasche aus dem Kofferraum. Beide Männer blieben dicht neben ihr, als sie das Haus betraten. Eine Frau kam vorbei und meinte mit Blick auf Ninas Korb mit der Strandmatte: »Na, habt ihr wieder mal eure Arbeit mit dem Vergnügen verbunden?«

Nina lächelte der Frau zu und wusste im selben Moment nicht, weshalb. Sie wurde an mehreren offen stehenden Bürotüren vorbeigeführt. Überall saßen Beamte an Schreibtischen, kaum einer blickte auf. Am Ende des Ganges blieben die Beamten mit ihr in der Tür zum Büro eines etwa vierzigjährigen Mannes stehen. Der Mann im Büro sah kurz vom Bildschirm seines Computers hoch und wies wortlos mit dem Kopf nach rechts.

Der Beamte mit dem Bürstenhaarschnitt nahm Nina am Oberarm. Zwei Türen weiter betraten sie einen kargen Raum, mit nicht viel mehr ausgestattet als einem Tisch, an dem zwei Stühle einander gegenüberstanden.

»Setzen Sie sich!«, sagte der Beamte mit der Halbglatze.

Nina fragte, ob sie noch schnell auf die Toilette dürfe.

Wieder hinaus in den Flur, vorbei an den Türen, in Begleitung eines der Polizisten. Auf der Toilette stützte Nina die Ellenbogen auf die Knie und ihr Gesicht in die Hände. Was passierte hier gerade? Obwohl sie seit der Autofahrt dringend musste, kam kaum etwas aus ihrer Blase. Nina wusch sich die Hände, befeuchtete ihr Gesicht. Sie sah sich im Spiegel an und sah sich nicht.

Die Flip-Flops machten bei jedem Schritt auf dem gefliesten Boden ein quietschendes Geräusch. Zurück im Raum, saß bereits der Mann aus dem Büro am Tisch. Er gab seinen beiden Kollegen ein Zeichen, dass er die Sache jetzt übernehmen werde. Der mit der Halbglatze verließ den Raum. Der mit dem Bürstenhaarschnitt blieb neben der Tür stehen und verschränkte die Arme über der Brust. Nina setzte sich und lächelte den ihr gegenübersitzenden Mann an. Es gab auch jetzt nichts zu lächeln. Doch sie tat das oft in Situationen, in denen es unangenehm für sie wurde. Was die Situation meist noch unangenehmer machte.

Der Mann stellte sich ohne zu lächeln als Hauptkommissar Mittermaier vor und schaltete ein kleines digitales Aufnahmegerät an, bevor er Nina über ihre Rechte, auch über das Zeugnisverweigerungsrecht, belehrte. Nina verstand das alles nicht. »Ich dachte, ich soll hier nur zu Protokoll geben, was ich auch schon zu Ihren Kollegen gesagt habe, in Travemünde, in der Wohnung von Frau Bergmann.«

Der Mann nickte. »Wir fertigen nachher ein Protokoll. Aber es gibt noch einige offene Fragen.«

Der Hauptkommissar lehnte sich zurück und sah Nina lange in die Augen.

Nina hielt dem Blick des Mannes nicht stand. Sie schob die feuchten Hände unter ihre Oberschenkel.

»Ich putze bei Frau Bergmann, ich habe einen Schlüssel, ich bin nicht eingebrochen!«

Mittermaier sah sie weiterhin an. Nina versuchte noch einmal trotzig, dem Blick standzuhalten. Ihr fielen Mittermaiers einzelne weiße Haare in den schwarzen Locken auf. Er hatte etwas Jungenhaftes und etwas Bedrohliches.

Nina lächelte. »Ich bin wirklich keine Einbrecherin.«

»Frau Wagner«, sagte Mittermaier. »Es geht hier nicht nur um Einbruch. Es geht vermutlich auch um Mord.«

***

Der Himmel über Travemünde war feuerrot und kündigte für den nächsten Tag gutes Wetter an. Nur über der Priwallseite hing ein dichter Wolkenschleier. Es war, als würde der Vollmond dahinter ein Stück hervorschauen, um zu sehen, ob er sich bereits hervortrauen durfte. Nur wenige Minuten später hatte er es gewagt und stand am sonst wolkenlosen Himmel. Jan kam es vor, als ließe der Mond Travemünde nicht aus den Augen, als ließe der Mond ihn nicht aus den Augen.

Er saß auf einer der Bänke auf der Promenade. Wie immer war er zu früh losgegangen. Er hasste es, unpünktlich zu sein, so wie er es hasste, wenn er auf jemand warten musste.

Es waren kaum Menschen unterwegs. Wie meistens war Travemünde abends fast leer, als würde jemand gegen achtzehn Uhr einen Schalter umlegen und alle Touristen in der Versenkung verschwinden lassen. Jan stand auf und ging weiter. Vor dem Casino brannten die großen Fackeln, ein paar Spieler waren an den Roulettetischen zu sehen. Im Zwei-Sterne-Restaurant von Kevin Fehling waren alle Fenstertische besetzt. Jan nahm den Weg durch den kleinen Wald, in dem der Hochseilgarten lag. Kein Mensch begegnete ihm. Er erinnerte sich, dass hier vor Jahren angeblich ein Obdachloser umgebracht worden war. Man hatte es ihm erzählt, als er während der Semesterferien bei seinen Eltern in Travemünde gewesen war. Irgendwelche Jugendlichen sollen es gewesen sein, die Sache hatte Jan, obwohl er Jura studierte, nicht sonderlich interessiert, er wusste bis heute nicht, an welcher Stelle es geschehen war. Er bog in die Kurgartenstraße ein. Am Antiquitätengeschäft an der Ecke stand ein junger Mann und begutachtete den Porsche und den Maserati, die der Ladenbesitzer mitten im Raum platziert hatte und außer seinen Antiquitäten zu verkaufen gedachte.

Die Kurgartenstraße war tagsüber kaum und abends gar nicht belebt. Obwohl es die Parallelstraße zur Vorderreihe war, war es, als würde diese Straße gemieden. Die Touristen wollten wohl nur am Wasser entlang Kaffee trinken und shoppen, nicht in einer Straße, in der kaum noch Ostseegefühl aufkam. Regelmäßig schlossen hier Geschäfte, inzwischen gab es vor allem noch Dienstleister wie Reinigungen, Friseure und Kosmetiksalons. Am Sultan Döner standen die Betreiber draußen und rauchten.

Im Internetcafé mit angeschlossenem Spielsalon stand die Tür offen, und Zigarettenqualm zog auf die Straße. Gern wäre Jan mit Nina in der Vorderreihe essen gegangen, doch sie hatte darauf bestanden, sich mit ihm in der PM-Kneipe zu treffen. Da sie außerdem darauf bestanden hatte, ihn einzuladen, hatte er zugestimmt.

Jan war nervös. Sehr genau hatte er noch in Erinnerung, wie sie sich das letzte Mal hier getroffen hatten. Nina war gerade aus Hamburg nach Travemünde zurückgekehrt. Bei REWE waren sie sich zufällig begegnet, hatten sich gefreut, einander zu sehen nach all den Jahren – und hatten sich für den kommenden Abend in der PM-Kneipe verabredet. Sie hatten sich dort das Wichtigste aus den letzten Jahren erzählt, dabei Unmengen Schnaps getrunken und waren schließlich in Jans Bett gelandet.

Jan war sofort wieder in Nina verliebt gewesen. Und er hatte geglaubt, nun wären sie wieder ein Paar, so wie damals, kurz nach dem Abitur. Doch Nina war am nächsten Morgen gegangen, nachdem sie ihn flüchtig auf die Wange geküsst hatte. Auf seine Anrufe hatte sie nicht reagiert. Er hatte so oft versucht, sie zu erreichen, dass er sich selbst gedemütigt hatte, doch es dauerte lange, ehe er damit aufhören konnte.

Nun hatte Nina plötzlich ihn angerufen. Weil sie Hilfe

brauchte. Eigentlich ebenfalls eine Demütigung. Doch Jan war sofort zu ihr nach Lübeck aufs Polizeirevier gefahren und hatte angeboten, sie rechtlich zu vertreten, auch wenn er als Anwalt noch nie in einer Strafsache tätig gewesen war. Jan hatte erreicht, dass Nina das Polizeirevier verlassen und nach Hause durfte, sich aber zur Verfügung halten musste.

»Zum Dank gebe ich dir einen aus«, hatte Nina gesagt, als er sie von Lübeck nach Travemünde gebracht und vor dem Haus ihrer Mutter abgesetzt hatte.

»Griechischer Wein«, schallte es aus der weit offen stehenden Kneipe auf den Gehweg. Jan atmete tief durch, bevor er den Laden betrat. So voll hatte er die Kneipe noch nie erlebt. Saßen sonst fünf bis zehn Stammgäste um den Tresen herum, waren heute auch alle Sitzecken und die Tische im Separee besetzt. Nina hatte den äußersten Platz am Tresen. Der Kneipier schenkte ihr gerade Kümmel aus einer eisgekühlten Flasche nach. Sie leerte das Glas in einem Zug. Der Kneipier freute sich, hielt die Flasche fragend hoch, doch Nina wehrte ab und zeigte auf die fast leere Colaflasche neben ihrem Glas. Sofort bekam sie eine neue. Jan strich ihr sacht über den Oberarm. Nina drehte sich zu ihm um, rutschte vom Tresenhocker und umarmte ihn kurz. Sie nahm ihre Tasche vom Platz neben sich, damit Jan sich setzen konnte.

Jan war Weintrinker, doch in einer Kneipe wie dieser traute er dem Wein nicht, auch wenn er ihn noch nie probiert hatte. Weil er sich neben Nina nicht wie ein Schwächling vorkommen wollte, bestellte er ebenfalls Kümmel – und Bier dazu, auch wenn er wusste, wie dieser Abend enden würde, bei dem Tempo, das Nina vorlegte.

Nina stieß ihr volles Glas gegen das von Jan und sagte: »Vielen Dank noch mal!«

Jan spürte auch nach der Begrüßung ihren Körper noch an seinem. Er trank zügig das Glas leer und stellte es ab, bevor Nina bemerken würde, dass seine Hand zitterte.

Nina rückte auf ihrem Barhocker näher zu ihm. Er wollte sie fragen, wie es ihr ging, und ihr sagen, dass sie darüber reden müssten, wie es nach der Sache mit der Polizei weitergehen sollte. Im selben Moment begannen die Leute laut Wolfgang Petrys »Wahnsinn« mitzusingen und zwischendurch »Hölle, Hölle« zu brüllen. Jan und Nina mussten lachen. Der Kneipier sah lächelnd zu ihnen her, als wären sie Verbündete gegen den Rest der Welt.

Was machten all diese Leute hier? Die Saison hatte doch noch gar nicht richtig begonnen. So viele Fremde waren eingekehrt, dass die wenigen einheimischen Stammgäste am anderen Ende des Tresens beinahe verängstigt wirkten. Aber der Kneipier hatte alles im Griff, keiner musste lange auf seine Bestellung warten. Auch Nina und Jan nicht. Spätestens als »Hol das Lasso raus« gespielt wurde, war Jan klar, dass er heute nicht mehr vernünftig mit Nina würde reden können. Sie rauchte eine Zigarette nach der anderen. Jan steckte sich ebenfalls eine an.

Aus einer Gruppe von vier Männern, die in der Mitte am Tresen stand, begann einer unverhohlen mit Nina zu flirten. Jan registrierte, dass Nina das genoss. Der Kneipier schenkte nach. Nina stieß ihr Glas gegen Jans. Jan beugte sich dicht an Ninas Ohr. »Vielleicht sollten wir woanders hingehen, damit wir in Ruhe reden können.«

Im nächsten Moment ging die Glocke, die über dem Tresen hing. Augenblicklich schrien die Gäste: »Saalrunde!«. Der Mann, der mit Nina geflirtet hatte, gab allen einen aus. Schnaps und Bier, Bier und Schnaps. Die Leute freuten sich und bedankten sich bei dem Fremden. Auch Nina. Jan hätte die Einladung zum Schnaps am liebsten nicht angenommen. Er versuchte, die vielen Schweinchen aus Keramik auf dem Regal hinter dem Tresen zu zählen. Es gelang ihm nicht. Vielleicht weil es zu viele waren. Oder weil er schon zu betrunken war. Er würde Nina morgen in sein Büro bestellen, dann konnten sie in Ruhe reden. Jan hatte als Anwalt einen Job für Nina angenommen, und er wollte ihn ordentlich machen. Für Nina. Auch wenn sie es ihm, wieder einmal, nicht leicht machte.

VIER

Nina fand in Jans Badezimmerschrank Aspirin. Sie nahm zwei Tabletten und schluckte sie mit Wasser aus dem Hahn hinunter. Sie besah ihr Gesicht im Spiegel und konnte kaum fassen, wie gut sie so viel Schnaps vertrug. Nach ein paar Gläsern Wein wäre es ihr heute Morgen wohl schlechter gegangen.

Sie schlich in Jans Wohnzimmer und nahm ihre Jacke, die sie letzte Nacht achtlos auf den Boden geworfen hatte. Auf dem Tisch standen halb volle Gläser. Nicht zu glauben, dass sie, nachdem sie aus der Kneipe gekommen waren, noch versucht hatten weiterzutrinken. Nina hatte sich total nüchtern gefühlt und unbedingt nun noch mit Jan reden wollen.

Sie hatten gestritten, weil Nina nicht nur Jans rechtlichen Beistand wollte, sondern außerdem verlangte, dass er ihr helfen sollte, Frau Bergmanns Mörder zu finden. Jan fand ihr Ansinnen absurd. Nina nicht. Noch weniger lustig fand sie, mit einem Mord in Zusammenhang gebracht zu werden. Sie wollte, dass Jan einen Detektiv beauftragte. Jan lachte sie aus. Mitten im Streit war Jan plötzlich nach einem Schluck aus seinem Weinglas in sich zusammengesunken und hatte reglos dagesessen. Als hätte ihn jemand k. o. geschlagen. Nina stieß ihn leicht an. Jan fiel zur Seite.

Mit großer Mühe bekam sie ihn ins Bett und zog ihm die Schuhe aus. Sie legte sich neben ihn. Immer wieder prüfte sie, ob er noch atmete. Als Jan leise zu schnarchen begann, schlief auch Nina ein. Irgendwann musste er sich Jeans und Pullover ausgezogen haben.

Nina warf einen Blick ins Schlafzimmer. Jan lag auf dem Bauch und atmete gleichmäßig. Seine Wirbelsäule zeichnete sich markant in seinem glatten Rücken ab. Er hatte sich seit dem Sommer vor über fünfzehn Jahren kaum verändert. Der Sommer nach dem Abitur, in dem sie sich täglich zum Surfen trafen. Der Sommer, in dem sie kaum die Hände voneinander lassen konnten. Nach diesem Sommer gingen sie jeder seiner

Wege, Nina nach Hamburg, Jan nach Berlin. Der Kontakt brach schließlich ab.

Mit seinem durchtrainierten Körper und den von der Sonne ausgeblichenen längeren Haaren sah Jan immer noch aus wie ein Surfer. Ein Surfer, der jetzt im Alltag Anzug trug.

Nina gestand sich ein, dass sie in der letzten Nacht nur mit zu Jan gegangen war, weil sie mit ihm hatte schlafen wollen.

Sie verließ leise die Wohnung.

Es war gegen sieben. Kaum jemand war unterwegs. Von Weitem sah sie die blonde Frau am Strand, die zu jeder Jahreszeit jeden Morgen im Meer schwamm. Einen Moment lang überlegte Nina, es der Frau gleichzutun, weil es ihr sicherlich guttun würde, in das kalte Wasser zu tauchen. Doch sie musste dringend nach Hause. Ihre Mutter würde schon auf sie warten, denn heute war unter anderem Mieterwechsel in der Wohnung von Herrn Schadt im Maritim. Nina musste putzen.

***

Sie hatte mit ihrer Suche in Berlin angefangen, denn dort hatte alles begonnen. Sie war in Berlin geboren, so stand es in ihrer Geburtsurkunde. »Romy Müller, am 14. April 1963 geboren in Berlin-Charlottenburg.« Unter »Vater« stand »unbekannt«, unter »Mutter«: »Müller, Elisabeth«. Romy suchte in Berlin nach Elisabeth Müller. Müllers gab es viele. Elisabeths siebzehn, doch keine von ihnen war ihre Mutter, fand Romy heraus. Die Geburtsurkunde war das Einzige über ihre Herkunft, das sie als Nachweis besaß, als sie mit sechzehn Jahren das Heim verließ.

Als sie später ihre Vergangenheit recherchierte, gab man im Heim vor, keine weiteren Unterlagen zu besitzen. Romy hörte auf, nach ihrer Mutter zu suchen. Fing wieder an. Gab wieder auf. Bis zu dem Schlaganfall, den sie in einer Zeit erlitt, in der Heime und Kirchen endlich aufgrund des öffentlichen Drucks Akten aushändigen mussten.

Romy fand heraus, dass sie im Alter von zehn Monaten in einem katholischen Heim für Kinder abgegeben worden war. Im Januar 1964. Von »Fräulein Elisabeth Müller«.

»Animierdame …«, stand auf einem der Zettel in den Akten, mit

Bleistift geschrieben, in Klammern gesetzt und mit drei Pünktchen versehen. Es gab keinen Eintrag, der darauf hinwies, dass ihre Mutter sie auch nur ein einziges Mal besucht hätte.

***

In der Hoffnung, ihre Mutter würde noch schlafen, schloss Nina so leise wie möglich die Haustür auf. Sie hatte vor, die Schlüssel für die Wohnungen zu holen, die sie heute reinigen sollte, und sofort wieder zu verschwinden. Doch ihre Mutter saß bereits angezogen am Küchentisch. Vor sich eine Tasse Kaffee, daneben die Lübecker Nachrichten. »Mord im Maritim«, stand in großen Buchstaben auf der Titelseite.

»Wie konntest du mir das antun«, sagte die Mutter, ohne den Blick auf Nina zu richten.

»Was antun?«, fragte Nina.

Die Mutter tippte auf die Seite drei, auf den letzten Absatz. Nina beugte sich über die Zeitung und las: »Die Polizei hat direkt nach dem Tod der Frau B. eine Verdächtige festgenommen, eine junge Frau, die bei der alten Dame regelmäßig putzte ...«

Ninas Knie wurden weich.

»Wie konntest du mir das nur antun«, wiederholte die Mutter, ohne sie anzusehen.

»Du siehst doch, dass das Quatsch ist, was da steht. Die Polizei hat mich gehen lassen!«

Die Mutter drehte die Zeitung um.

»Ja, aber das steht da nicht.« Nach einer Weile fügte sie hinzu: »Ich weiß nicht, wie ich hier noch leben soll. Nach dieser Sache.«

»Welche Sache?«, schrie Nina fast. »Denkst du etwa, dass ich mit dem Mord etwas zu tun habe?«

»Was ich denke, ist egal. Die anderen werden es denken.«

»Die anderen, immer die anderen! Dein ganzes Leben ging es darum, was andere Leute denken könnten.«

Ninas Mutter erhob sich, fasste sich an den Rücken und verließ die Küche.

Nina stand mitten im Raum. Sie drehte sich im Kreis – Spüle,

Küchentisch, Tür – und wusste nicht, wohin. Dann rannte sie ihrer Mutter nach.

»Es ist doch völlig gleichgültig, was andere Menschen denken. Aber du denkst hoffentlich nicht, dass ich etwas mit dem Tod von Frau Bergmann zu tun habe.«

Die Mutter saß auf der Bettkante und hielt sich den Rücken. »Was ich denke, ist egal. Du gehst irgendwann wieder weg, nach Hamburg. Und ich, ich muss hier leben.«

In diesem Moment fiel ein Blitz durch die Fensterscheibe. Durch die Gardine sah Nina, dass vor dem Haus jemand Fotos machte. Sie eilte die Treppen hinunter, riss die Haustür auf und rannte auf den Fotografen zu. Bevor er noch einmal abdrücken konnte, legte sie ihre Handfläche auf das Objektiv seiner Kamera.

»Hauen Sie ab!«

Der Fotograf grinste. Vor Angst oder weil er sich genau eine solche Situation erhofft hatte. Er schwang sich auf sein Fahrrad und fuhr davon.

Nina sah zu beiden Seiten die Straße hinunter. Herr Wegemeister ließ eine volle Tüte in seine Mülltonne fallen und klappte den Deckel mit einiger Verzögerung zu, ohne Nina dabei aus den Augen zu lassen. Frau Müller lehnte auf dem Kissen, das sie zum Lüften ins Fenster gelegt hatte. Nina zwang sich, besonders gelassen ins Haus zurückzugehen. Als sie nach oben schaute, sah sie ihre Mutter hinter der Gardine stehen.

***

Seit sie als junges Mädchen aus dem Heim gekommen war, jobbte sie sich durch Berlins Kneipen. Im Déjà-Vu in Charlottenburg arbeitete sie seit nun schon vier Jahren hinterm Tresen. Das kam Romy ungewöhnlich lang, beinahe sesshaft vor. Der Job in dieser Kneipe gefiel ihr, weil der Chef sich kaum blicken ließ, was ihr manchmal das Gefühl gab, sie wäre die Chefin.

Nahe dem Eingang hing ein großer Flachbildschirm, der fast ständig angeschaltet war. Die Stammgäste im Déjà-Vu, die Eddi, Willi und Horst hießen, sahen mit halbem Auge zu, was im Fernsehen lief, seien es Nachrichten oder Serien, während sie mehr oder weniger vereinzelt und stoisch über ihren Bieren hockten. Nur wenn Fußball lief, dann kam Leben ins Déjà-Vu, dann regten sie sich gemeinsam auf oder freuten sich, dann wurden sie sehr lebendig, die Willis und Eddis. Dabei tranken sie viel, vor allem Biere und Schnäpse.

Romy schenkte routiniert aus. Bei ihrer Arbeit in der Kneipe brachte nichts sie aus der Ruhe.

Am Ende eines solchen Fußball-Abends saß lange nach Mitternacht nur noch Günther am Tresen. Romy räumte bereits auf und tauschte zwischendurch Günthers leeres Bierglas gegen ein volles aus. Plötzlich umfasste er dabei ihr Handgelenk.

»Ich kannte mal eine Romy. Die war auch so schön wie du.«

»Ach, Günther«, sagte Romy, »lass das.« Sie hatte schon vor Jahren aufgehört, mit Gästen zu schlafen, um ihre private Kasse aufzubessern.

»Nein«, lächelte Günther, »ist wahr! Die war Animierdame im Rendezvous. Die war nicht von schlechten Eltern. Alle waren total verknallt in sie. Musste man sich leisten können. Ich habe sie mir geleistet, die Romy. Hatte aber einen anderen Namen. Hat sich so genannt, weil sie Romy Schneider so toll fand. Sah tatsächlich ein bisschen so aus. Ich sage dir, die war umwerfend. Alle waren verknallt in sie. Ich auch, kann ich dir sagen. Und sie mochte mich. Ich sah ja nicht schlecht aus damals. Hier, ich zeige dir mal ein Foto von mir, Anfang der Sechziger.«

Günther holte seine speckige Brieftasche hervor und zog ein Foto heraus, auf dem ein junger Mann zu sehen war, ein schlanker Mann mit dichten schwarzen Locken und Vollbart. Ein fünfzig Jahre altes Foto von dem heute kleinen, dicken Günther, mit lichtem weißen Haarkranz.

Günther lächelte sein Jugendporträt an. »Da staunst du, was?«

Romy nickte.

Günther konnte sich an sich selbst kaum sattsehen. »Das war die Zeit mit Romy. Die war keine gewöhnliche Frau. Hat nicht jeden an sich rangelassen. Eines Tages war sie weg. Irgendein Reicher aus Hamburg hat sie rausgeholt. Von einem Tag auf den anderen war sie weg, unsere Romy. Romy Müller. Ist keine mehr nachgekommen, die so war wie sie.«

Günther griff wieder nach Romys Hand. »Du erinnerst mich an sie.«

Romy zog ihre Hand weg. »Lass gut sein, Günther.«

»Habe ich nie vergessen, die Romy. Das Rendezvous gibt es auch schon lange nicht mehr.«

***

Obwohl Nina damit rechnete, dass sich niemand in Herrn Schadts Wohnung aufhielt, klingelte sie anstandshalber, bevor sie die Wohnung aufschloss. Umso überraschter war sie, als Herr Schadt die Tür öffnete.

»Dann komm mal rein!«

Nina betrat das Zwei-Zimmer-Apartment und sah, dass auf dem Esstisch neben der Berliner Zeitung die Lübecker Nachrichten lagen.

»Ich habe gar nicht damit gerechnet, dass Sie hier sind«, sagte sie, nur um etwas zu sagen.

Herr Schadt goss ihr eine Tasse Kaffee ein. »Travemünde jazzt. Das lasse ich mir doch nicht entgehen! Da halte ich mir mein Apartment immer frei für mich. Deine Mutter müsste das eigentlich wissen.«

Nina hatte die Aufbauten im Brügmanngarten gesehen. Als sie vorhin an der Bühne vorbei in Richtung Maritim gegangen war, hatte gerade ein Soundcheck stattgefunden. Manche Gäste hatten bereits rote Liegestühle belegt, die neben den Stuhlreihen standen. Die Jazz Lips mit Lillian Boutté, John Defferary und Gottfried Böttger waren neben anderen für dieses Wochenende angekündigt. Jedes Jahr um diese Zeit traten drei Tage und Nächte lang internationale Jazzmusiker in der Stadt auf.

Herr Schadt suchte den Schlüssel für die Bar, die in seine Schrankwand eingebaut war, unter der Tischwäsche hervor. Nina kannte das Versteck. Herr Schadt holte eine Cognacflasche aus der Bar. »Jetzt trinken wir erst einmal einen auf den Schreck.«

Die Cognacschwenker waren aus verschiedenfarbigem Rauchglas. Er nahm ein blaues. Nina bekam ihren Schnaps in einem altrosa Glas. Sie schwenkte es, um den Staub darin im Cognac aufzulösen. Sie war nach dem vorherigen Abend noch nicht wieder nüchtern, doch sie trank.

Herr Schadt trank ebenfalls und legte seine Hand auf Ninas Unterarm. Herr Schadt legte gern seine Hände auf Arme oder woandershin.

»Ich habe wirklich einen ganz schönen Schreck bekommen, als ich das in der Zeitung gelesen habe. Wie konnte denn das nur passieren?«

Nina zog die Schultern hoch. »Ich weiß es nicht. Ich war nur dummerweise in der Wohnung, als die Polizei kam.«

»Aber was hast du denn da noch zu suchen gehabt?«

Nina kamen die Tränen. Herr Schadt goss noch mal die Cognacschwenker voll.

»Nun beruhige dich mal, Mädchen. Jetzt putzt du schön meine Wohnung, und ich bleibe solange hier und mache mich unsichtbar.«

Nina wusste, was das bedeutete. Herr Schadt würde eine seiner alten Jazzplatten auflegen und sich in den Sessel am Fenster setzen. Er würde so tun, als lese er Zeitung, und ihr heimlich bei der Arbeit zusehen, wenn sie sich beim Bettbeziehen streckte oder beim Bodenreinigen bückte.

Sollte er doch! Oder blieb er heute, weil er ihr nicht mehr traute?

Nina wischte sich die Augen trocken, stand auf und ging ins Schlafzimmer. Sie ließ die Tür weit offen. Herr Schadt legte eine Platte von Nat King Cole auf, setzte sich in seinen Sessel und hielt sich die Zeitung vors Gesicht. Nina stellte sich in den Türrahmen, mit einem Bettbezug in der Hand.

»Kannten Sie Frau Bergmann eigentlich?«

Herr Schadt ließ die Zeitung sinken und nickte vor sich hin. »Sie und ihr Mann haben zur selben Zeit gekauft wie meine Frau und ich. Wir gehörten zu den Erstkäufern. Unter uns hat sich damals eine richtige Clique gebildet. Wir haben oft zusammen gefeiert, wenn wir hier waren. Tolle Partys waren das! Das ging reihum, immer bei dem einen oder anderen in der Wohnung. Oder im Sommer am Strand. Wir hatten alle unsere Jahresstrandkörbe, die haben wir dann zusammengestellt und unheimlich viel Spaß gehabt. Das ging ein paar Jahre so. Ist nichts mehr von übrig. Ist alles schon lange her. Fast vierzig Jahre.«

Nina konnte sich kaum vorstellen, dass Herr Schadt einmal jung gewesen war. Oder dass Frau Bergmann einmal jung gewesen war. Herr Schadt stand aus seinem Sessel auf und kramte wieder in der Schrankwand, jetzt unter der Tischwäsche. Er holte ein Album hervor und legte es auf den Tisch. Fotos von ihm und seiner Frau und von der Clique im Maritim. Er tippte auf eine wunderschöne Frau im Badeanzug mit Hut und Sonnenbrille.

»Die Elisabeth war die Schönste von allen – nach meiner Helga natürlich. Immer vornehm, immer elegant. Aber wehe, wenn sie zu viel getrunken hatte. Dann konnte sie auch anders. Dann hätte sie am liebsten auf dem Tisch getanzt. Aber ihr Mann, der Anton, der hatte ein Auge auf sie, der hat immer gut auf sie aufgepasst. Tolle Zeiten waren das. Kommen nicht mehr zurück. Geht alles viel zu schnell vorbei. So wie das Leben.«

Herr Schadt kippte seinen Cognac hinunter. »Ein paar gibt es wohl noch, die sich im Sommer am Strand treffen. Aber die reden wahrscheinlich nur noch übers Wetter oder über ihre Krankheiten und ihre Enkel. Das interessiert mich nicht.«

Nina strich mit dem Finger über die schöne junge Frau Bergmann auf dem Foto.

»Jetzt werden sie im ganzen Haus vermutlich mal ein anderes Thema haben. Den Tod von Elisabeth«, fügte Herr Schadt hinzu.

Nina kamen wieder die Tränen. Sie ging mit dem Bettbezug zurück ins Schlafzimmer und lehnte die Tür so an, dass der alte Mann sie nicht mehr sehen konnte.

***

Frau Tietchen schien nicht zu Hause zu sein. Nina klopfte noch einmal. Vergebens. Sie beschloss, ihren Plan zu ändern und zunächst bei Wrodes zu putzen, in der Hoffnung, danach Frau Tietchen in ihrer Wohnung anzutreffen. Sie suchte in ihrer Tasche nach einem Stück Papier, um darauf eine Nachricht zu hinterlassen. Hoffentlich war dieser alten Dame nicht auch etwas zugestoßen, ging es Nina plötzlich durch den Kopf. Hoffentlich hatte sie einfach nur den Termin vergessen, was allerdings ungewöhnlich wäre, denn Ninas Mutter putzte seit vielen Jahren bei ihr, immer am gleichen Tag, zur gleichen Zeit. Nina fand in ihrer Tasche einen alten Kassenbon von REWE und schrieb darauf, dass sie zwei Stunden später wiederkommen werde.

Sie ging zum Fahrstuhl der fünfzehnten Etage. Der dicke, rot gemusterte Teppich, die Grafiken mit Schiffsmotiven, die schweren Holztüren zu den Apartments auf dem langen, im Dämmerlicht liegenden Gang, hinter denen nichts zu hören war, alles kam ihr heute ungewöhnlich still vor. Wie verlassen. Sie stellte sich neben den Fahrstühlen ans Fenster und sah hinaus. Die »Passat«, der Priwall, die »Finnlines«, die gerade hinausfuhr, alles war so vertraut und schien doch plötzlich fremd. Als würde Nina nicht mehr hierhergehören. Sie hatte ein eigenes Leben in Hamburg. Es war keine gute Idee gewesen, nach Travemünde zurückzukehren. Zu ihrer Mutter, von der sie sich schon als Kind wie eine Fremde behandelt gefühlt hatte. Und jetzt war sie auch noch in die Sache mit Frau Bergmann hineingeraten. Auch wenn die Polizei mit ihren Verdächtigungen von Nina abließ, würde etwas an ihr hängen bleiben. Es sei denn, man fand den wirklich Schuldigen.

Einer der Fahrstühle hielt, die Tür öffnete sich mit einem »ding, ding«. Nina hoffte, dass Frau Tietchen aus dem Fahrstuhl treten würde, doch es war ein jüngerer Mann mit Dreitagebart, den sie noch nie gesehen hatte. Er trug ein lässiges Jackett, einen langen, bunt gestreiften Schal, das dunkelblonde, schulterlange Haar war sorgfältig nach hinten gekämmt. Nina grüßte ihn, bevor sie in den nun leeren Fahrstuhl trat. Der Mann sah kurz auf die Putzutensilien, die Nina in den Händen hielt. Er grüßte nicht zurück. Ein Urlauber vielleicht, der sich hier eingemietet hatte, überlegte Nina, während sie mit dem Lift neun Stockwerke nach oben fuhr, oder ein zukünftiger Erbe, der kurzzeitig im Apartment seiner noch lebenden Eltern wohnt.

Im vierundzwanzigsten Stockwerk klopfte sie an Wrodes Tür. Herr Wrode öffnete, seine Frau stand dicht hinter ihm.

»Sollen wir dich wirklich reinlassen?«, fragte Herr Wrode.

Nina lachte, obwohl in Herrn Wrodes Frage kaum Ironie gelegen hatte, und ging mit Wischmopp und Eimer an dem Ehepaar vorbei in die Wohnung. Die beiden blieben dicht hinter ihr. Wrodes kleiner Hund lag schlafend in seinem Korb.

»Wie immer?«, fragte Nina.

Frau Wrode sah ihren Mann an. Der hob die Schultern. »Aber wir bleiben hier!«

»Ja, gern!«, sagte Nina und dachte, das kann ja heiter werden. Die Wohnung war klein, einunddreißig Quadratmeter. Wrodes würden ihr also fast immer im Weg sitzen und dabei jede ihrer Handbewegungen beobachten.

Nina fing in der offenen Küche an. Frau und Herr Wrode saßen auf dem Sofa und sahen ihr zu, als würde Nina hier eine Prüfung ablegen, die sie hinterher mit Punkten bewerten müssten. Vor dem Paar lagen neben den Lübecker Nachrichten Kreuzworträtselhefte auf dem Tisch, doch sie rührten keines davon an. Herr Wrode begann im Takt auf die Zeitung zu tippen. In Nina stieg plötzlich Trotz auf.

»Das mit der alten Frau Bergmann ist wirklich schrecklich«, sagte sie, während sie die geblümten Abdeckungen der Elektroherdplatten reinigte. Frau und Herr Wrode warfen sich einen vielsagenden Blick zu.

»Weiß man denn schon, was passiert ist? Ob es Selbstmord war oder doch was anderes?«, fragte Nina.

Herr Wrode hörte augenblicklich auf zu klopfen. »Wir glauben nicht, dass die Elisabeth vom Balkon gesprungen ist. Dazu war sie viel zu fröhlich. Gerade in letzter Zeit. Ich meine, sie war immer guter Dinge, aber in den letzten Monaten ganz besonders.«

Frau Wrode sah ihren Mann an, mit einem Blick, der ihm sagte, er solle lieber den Mund halten.

»Wie dem auch sei«, fuhr Herr Wrode fort, »die Elisabeth hat sich nicht umgebracht. Das war nicht ihre Art. Der Elisabeth hat jemand etwas angetan!«

»Aber wer?«, fragte Nina.

Wrodes sahen sich wieder an.

»Und weshalb?«, fragte Nina.

Frau Wrode stand von ihrem Stuhl auf und zeigte auf die verkrustete Glasscheibe der Ofentür. »Die muss auch noch sauber gemacht werden. Und nun wollen wir mal alle nicht so tun, als würden wir keine Zeitung lesen!«

Nina kratzte Spinatreste von den Rändern der Herdplatten.

Herr Wrode nahm den Zehn-Euro-Schein, den seine Frau und er schon für Nina bereitgelegt hatten, unter der Zeitung hervor, rollte ihn und tippte damit in gleichmäßigem Takt auf den Tisch. »Elisabeth war wohlhabend. Es war sicherlich jemand, der an ihr Geld rankommen wollte. Einen anderen Grund kann ich mir nicht vorstellen.«

»Das Schlimmste ist«, sagte Frau Wrode, während sie mit dem Finger über die Ränder der Herdplatten fuhr, »dass es bestimmt jemand war, den sie kannte. Soviel ich weiß, wurde bei ihr nicht eingebrochen, sondern sie hat ihrem Mörder die Tür aufgemacht.«

»Dem Mörder oder der Mörderin«, sagte Herr Wrode.

Frau Wrode setzte sich wieder neben ihren Mann.

»Das ist das Schlimmste«, sagte Frau Wrode, »dass es jemand war, den sie kannte.«

»Zu kennen glaubte«, fügte Herr Wrode hinzu.

Nina nahm Wrodes volle Mülltüte aus dem Eimer, verknotete sie und stellte sie an die Wohnungstür. Sie sah heimlich auf die Uhr und erschrak, weil sie noch eine weitere halbe Stunde Putzen mit Anspielungen vor sich hatte.

»Ja, es ist wirklich schlimm«, sagte sie, als sie in Wrodes Küche zurückkehrte. Dann schaltete sie den Staubsauger ein.

Als Nina endlich mit Wrodes voller Mülltüte, Putzutensilien und zehn verdienten Euro auf dem Flur stand, fühlte sie sich, als hätte sie acht Stunden Arbeit im Bergwerk hinter sich gebracht. Jetzt musste sie noch eine weitere Stunde zu Frau Tietchen.

An Frau Tietchens Tür in der fünfzehnten Etage steckte immer noch der Zettel mit der Nachricht, die Nina hinterlassen hatte. Nina klopfte trotzdem an. Sie hörte Schritte.

»Wer ist da?«, fragte Frau Tietchen durch die geschlossene Tür.

Nina antwortete erleichtert.

Frau Tietchen schwieg eine Weile, bevor sie rief: »Geh weg! Dich lasse ich nicht rein!«

***

Alexander stand am Fenster seines Büros mit Blick auf den firmeneigenen Parkplatz. Wie sein Vater es früher gelegentlich gemacht hatte, sah er demonstrativ auf seine Armbanduhr, wenn ein Mitarbeiter zu spät auf den Hof fuhr, um seine Arbeit in Bergmanns Planungsbüro anzutreten. Dabei wusste Alexander längst, dass er es sich sparen konnte, ein oder zwei Mal die Woche unverhofft früh in der Firma zu erscheinen, um seine Angestellten durch seine Präsenz von Unpünktlichkeit und Faulheit abzuhalten. Im Gegensatz zu ihm hatte bei seinem Vater ein vorwurfsvoller Blick auf die Uhr genügt, um dafür zu sorgen, dass der Betreffende nie wieder zu spät kam.

Alexander setzte sich an seinen Schreibtisch. Er hoffte, dass das Telefon nicht klingelte, er hoffte, dass niemand an die Tür klopfte. Er hoffte, dass niemand etwas von ihm wollte, wovon er sowieso keine Ahnung hatte.

Der Schreibtisch war beinahe leer, bis auf die paar Utensilien wie Stifte in einer Ablage und ein Laptop. Daneben die Mappe mit den unbezahlten Rechnungen. Rechnungen, die Kunden nicht bezahlt hatten, obwohl das Planungsbüro Bergmann alle vereinbarten Leistungen erbracht hatte. Dass Kunden nicht bezahlten, hatte es auch schon gegeben, als Alexanders Vater noch die Firma leitete, doch in den vergangenen Jahren hatte ihre Zahl beständig zugenommen. Bei dem Gedanken überfiel ihn eine bleierne Müdigkeit. Alexander drehte sich mit seinem Stuhl zum Fenster und sah in den Himmel.

Es klopfte. Frau Schulte trat, ohne ein Herein abzuwarten, ins Zimmer.

»Die Post«, sagte sie und legte ihm eine Mappe auf den Tisch.

»Die Bauherren vom Hotel Finke haben auf die dritte Mahnung mit einer Liste von Reklamationen auf unsere Bauzeichnungen reagiert. Sollten Sie sich gleich mal ansehen. Das dürfen wir uns nicht gefallen lassen! Früher, als Ihr Vater noch hier war, haben die Kunden sich nicht so verhalten, nur in Ausnahmefällen …«

»Danke, Frau Schulte«, sagte Alexander und griff zum Hörer, als wollte er telefonieren. Frau Schulte verließ den Raum. Alexander legte auf und öffnete die Postmappe. Auch mehrere Kondolenzschreiben zum Tod seiner Mutter lagen darin. Darunter der Brief vom Hotel Finke. Alexander legte ihn zu den anderen offenen Rechnungen. Er kannte die Bauherren, es waren langjährige Kunden des Planungsbüros Bergmann. Sie hatten noch nie Probleme gemacht. Weshalb jetzt? Weil sie es mit ihm machen konnten, befürchtete Alexander. Oder war den Hotelbetreibern das Geld ausgegangen, so wie auch ihm inzwischen? Lauter unbezahlte Rechnungen – und die Ausgaben für seine Firma liefen weiter. Was allein die dreißig Mitarbeiter pro Monat kosteten, war schwindelerregend hoch. Genauso schwindelerregend schnell verging ein Monat, und erneut wurde die gleiche Summe zur Auszahlung fällig. Woher sollte Alexander das Geld nehmen, wenn nicht genügend hereinkam?

Banken waren mit Krediten eingesprungen, zunächst bereitwillig, inzwischen übten sie großen Druck aus. Er solle Leute entlassen. Doch sein Vater hatte verfügt, dass das nicht passieren durfte. Dafür liebten die Mitarbeiter ihn – auch noch nach seinem Tod. Und Anton Bergmann hatte verfügt, dass Alexander die Firma übernimmt. Dieses Planungsbüro, für das sich Alexander nie interessiert hatte und von dem er fast keine Ahnung hatte. Auch sein Vater hatte nicht viel Ahnung von Bauzeichnungen gehabt, jedoch seinen Partner Manfred Schulz an seiner Seite gewusst. Gemeinsam waren sie ein gutes Team gewesen. Anton Bergmann, der brillante Geschäftsführer, Manfred Schulz, der brillante Planer mit einer großen technischen und zeichnerischen Begabung. Gab es Probleme mit Kunden, dann waren die beiden Männer gemeinsam aufgetreten wie eine unerschütterliche Einheit. Manfred Schulz war bald nach dem Tod von Anton Bergmann in den Ruhestand getreten, vorzeitig. Er hatte keinen Hehl aus seiner Enttäuschung gemacht, dass Anton

Bergmann nicht ihn, sondern seinen Sohn zum Nachfolger ernannt hatte.

Alexander, der damals nach mehreren fehlgeschlagenen Geschäftsideen hohe Schulden hatte und gerade überlegte, welche Idee die nächste vielversprechende sein könnte, nahm das Erbe, das auch Immobilien und Geld umfasste, an.

Das Planungsbüro, gegründet in einer Zeit, als in Hamburg viel gebaut wurde, hatte Alexanders Eltern wohlhabend gemacht. Bis zum Tod Anton Bergmanns hatte es der Familie ein Leben beschert, in dem Geld nie ein Thema gewesen war. Inzwischen wusste Alexander manchmal nicht mehr, wie er seiner Mutter die vereinbarte hohe monatliche Rente ausbezahlen sollte. Dass diese längst auch über Kredite finanziert wurde, durfte sie niemals erfahren. So wie auch seine Frau nicht erfahren sollte, wie es finanziell um die Firma stand.

Alexanders erste Pleite mit einem Vertrieb im Internet hatte Katharina, damals waren sie gerade ein Jahr verheiratet, einigermaßen mit Langmut ertragen. Als er kurz darauf mit einem Zeitschriftenverlag pleiteging, hatte sie kein Verständnis mehr dafür, dass er es erneut mit einer Zeitschrift versuchen wollte, und erst recht nicht dafür, dass sie ihre Eltern deshalb um Geld bitten sollte.

Der Haussegen hing schief, so schief, dass Katharina drohte, sich scheiden zu lassen, werde Alexander so etwas noch einmal von ihr verlangen. Er solle doch *seine* Eltern anpumpen. Sie wusste wie Alexander, dass er das niemals tun würde, solange sein Vater lebte.

Auch die wütenden und verzweifelten Anrufe von Gläubigern aus der ersten und zweiten Pleite hatten Katharina zu schaffen gemacht. Kurz bevor der Gerichtsvollzieher vor der Tür stand, starb Alexanders Vater. Alexander erbte. Damit Katharina ihre Ruhe hatte, beglich Alexander die Schulden bei den hartnäckigsten Gläubigern. Seine Mutter verließ die Villa am Leinpfadkanal, um ausschließlich in Travemünde zu leben. Wegen der vielen Erinnerungen an ihre glückliche Ehe, denen sie nach dem Verlust ihres Mannes nicht täglich in diesem Haus ausgesetzt sein mochte, und weil derjenige, der die Firma Bergmann zukünftig leiten würde, ein repräsentatives Zuhause haben sollte.

Katharina sprach nie wieder von Scheidung. Sie gewöhnte sich schnell an ihr neues Heim, nachdem sie es entkernt, modernisiert und stilvoll eingerichtet hatte. Auch das kostete ein Vermögen, ein Vermögen, von dem sie offenbar glaubte, es wäre vorhanden. Alexander ließ seine Frau in dem Glauben.

Er fühlte sich seit Jahren wie ein Fremdkörper auf dem Stuhl seines Vaters. Vielleicht hätte er auch das Büro entkernen sollen. Es hatte Tage gegeben, da war er mit dem Auto kurz vor dem Firmengelände abgebogen und hatte seine Arbeitszeit irgendwo anders verbracht, nur um nicht in diesem Büro sein zu müssen. Er ahnte, dass er auch die Firma seines Vaters gegen die Wand fahren würde, dass der Tag, an dem das geschehen würde, immer näher rückte.

Doch nun war seine Mutter tot. Rechtzeitig. Wie damals sein Vater.

***

Die Baumkronen der Linden waren zu einer runden Form gestutzt und boten den auf der Vorderreihe Flanierenden eine schattige Allee. Im Café Niederegger war beinahe jeder Platz besetzt, auch nebenan im Café Allwörden. Das Stimmengewirr gab Nina das Gefühl, unerkannt zu bleiben. So unerkannt wie neulich, wurde erzählt, sogar Udo Lindenberg, als er mit seiner Entourage die Promenade entlanggegangen war und niemand ihn beachtet hatte. Lindenberg habe wie immer seine Kluft getragen – zu enge Hosen, zu weites Jackett und Hut, sei also unverkennbar erkennbar gewesen. Offenbar irritiert davon, dass niemand von ihm Notiz nahm, habe er laut eines seiner Lieder angesungen. Augenblicklich hätten Leute zu ihm hingesehen. »Kuck mal, ist das nicht Udo?« Lindenberg habe sofort aufgehört zu singen und sei mit seinen Bodyguards und Musikern in ein Taxi gestiegen, als wäre ihm die Aufmerksamkeit zu viel. Nina hatte Jan belustigt davon erzählt.

Vor der Sparkasse saß ein braun gebrannter Bettler, der einem Paar erklärte, dass er kein Bettler sei, sondern »Ars Vivendi« praktiziere, was so viel wie »genieße das Leben« bedeute. Die drei philosophierten noch eine Weile. Nina stellte sich an den Geldautomaten im Eingangsbereich der Filiale, nachdem sie sich vergewissert hatte, dass keine Bekannten, nur Touristen, in der Nähe waren.

Wie immer zog sie bloß einen kleinen Betrag und freute sich, dass der Geldautomat in Travemünde auch kleine Scheine ausgab. In Hamburg waren es immer nur Fünfzig-Euro-Scheine, mit denen man die Bank verließ und meist kurz darauf im nächsten Geschäft für Unmut sorgte.

Sie kaufte im Drogeriemarkt noch etwas Wurst und Käse für ihre Mutter und sich ein, was sie ansonsten ausschließlich im REWE oder Aldi-Markt taten, doch auch dort schien Nina die Wahrscheinlichkeit zu hoch, dass sie auf ihr bekannte Travemünder traf. Im Drogeriemarkt in der Vorderreihe, in dessen Umgebung sich viele Ferienwohnungen befanden, deckten sich die Leute nicht nur mit Sonnencreme und anderen Kosmetikartikeln ein, sondern auch mit Lebensmitteln. Das Sortiment bestand aus den wichtigsten Dingen, wie abgepacktem Brot, Konserven, Getränken, es gab auch zwei Kühlregale mit frischen Sachen wie Butter, Joghurt und Käse. Alles war etwas teurer als im Discounter. Doch Nina bezahlte heute lieber mehr, sie musste es ihrer Mutter ja nicht erzählen. Sie hatte kaum Lust, nach Hause zu gehen. Auch wenn ihre Mutter nicht mehr über die *Sache* sprach, kam es Nina vor, als wäre das ganze Haus mit einer Atmosphäre des Vorwurfs angefüllt. Sie hatte doch nichts getan! Sie wurde nur mit der *Sache* in Verbindung gebracht, weil sie zur falschen Zeit am falschen Ort gewesen war. An Frau Bergmanns Schrank. Von der Tasche wusste niemand außer ihrer Mutter etwas. Von dem Geld, das darin gewesen war, auch nicht. Und dass Nina sich daran bedient hatte.

Sie hatte die Scheine zurückgelegt. Und doch verspürte sie ein schlechtes Gewissen, als hätte sie mit der Sache zu tun. Als hätte sie etwas zu verbergen. Als müsste sie sich verstecken.

Nina ging an den Kosmetikregalen entlang. Sie widerstand dem Verlangen, einen Lippenstift in ihre Tasche rutschen zu lassen. Sie klaute gelegentlich, grundsätzlich nur Kleinigkeiten, Lippenstifte besonders gern, obwohl sie selten welche benutzte. Heimlich einen Lippenstift einzustecken, ließ Adrenalin durch ihren Körper schießen. Zuerst, wenn sie den Lippenstift einsteckte und hoffte, dabei nicht beobachtet zu werden, dann, wenn sie das Diebesgut an der Kasse vorbeischmuggelte und schließlich, wenn sie den Laden verließ und bei jedem Schritt befürchtete, dass doch noch jemand sie aufhalten könnte. Erst weit entfernt vom Geschäft fiel der Adrenalinspiegel schlagartig ab. Heute verspürte Nina kein Verlangen nach Aufregung. Seit der *Sache* schoss pausenlos Adrenalin durch ihren Körper, mehr als sie beim Klauen produzierte. Die Polizei, die Presse, die Leute, offenbar sogar ihre Mutter trauten ihr nicht nur Diebstahl zu, sondern auch Mord, das regte sie genug auf.

Tränen stiegen in ihr hoch. Sie stellte sich weit hinten im Laden hinter ein Regal, wo Fische und Leuchttürme aus Gips, Muscheln und Buddelschiffe ausgestellt waren, bis sie sich beruhigt hatte.

Auf dem Weg zur Kasse sah sie eine alte Dame, die eine Schachtel Ernte 23 und die Lübecker Nachrichten aufs Band legte, während sie mit der Kassiererin über den »Mord im Maritim« plauderte. Nina ließ ihre Einkäufe in irgendeinem Regal zurück und verließ eilig den Drogeriemarkt.

An der Alten Vogtei, dem ältesten Haus Travemündes, bauten Künstler die unterschiedlichsten Windobjekte auf. Ein Aufsteller kündigte die Ausstellungseröffnung einer Malerin im Obergeschoss der Vogtei an.

Nina hatte Lust, dorthinzugehen. Vielleicht mit Jan. Er war es, in dessen Gegenwart am wenigsten Schuldgefühle in ihr aufkamen. Bei Jan fühlte sie sich sicher. Nina war dabei, sich wieder in ihn zu verlieben, wenn sie nicht bereits verliebt war. Doch sie wollte so bald wie möglich weg aus Travemünde. Sie befürchtete, dass Jan und sie sich dann wieder aus den Augen verlieren würden. Diesen Schmerz wollte sie nicht noch einmal erleben. Wenn sie dieses Mal Travemünde verlassen würde, sollte Jan ihr gleichgültig sein.

Nina bog ab in Richtung Kirchplatz, wo ihr Elternhaus stand.

Auf dem menschenleeren Platz waren zwischen den Bäumen Seile gespannt, an denen immer noch selbst gebastelte Osterhasen und Ostereier aus Holz im Wind baumelten.

Plötzlich fuhr jemand mit großer Geschwindigkeit in die Straße und bremste scharf vor Ninas Haus. Ein Polizist stieg aus dem Wagen und klingelte an der Haustür. Marianne Wagner öffnete, der Mann übergab ihr einen Brief. Ninas Mutter trat einen Schritt aus der Tür und sah in Ninas Richtung. Nina drückte sich hinter die große Bronzefigur am Brunnen. Der Polizist fuhr ab.

Die Mutter sah noch eine Weile zu Nina, bevor sie mit dem Brief zurück ins Haus ging.

***

Kurz bevor der Gast im Déjà-Vu sie auf die Spur ihrer Mutter brachte, hatte Romy beschlossen, das Thema ruhen zu lassen, ein für alle Mal damit abzuschließen. Nun nahm sie erneut eine Fährte auf. Dieses Mal mit Erfolg. Sie machte ihre Mutter in Travemünde ausfindig.

Sie schrieb ihr mehrere Briefe. Briefe, in denen sie ihre Geschichte erzählte. Briefe voller Vorwürfe. Sie zerriss sie alle. Sie schrieb auch Briefe, in denen sie um ein Wiedersehen bat, um ein, wenn auch spätes, Zueinanderfinden von Mutter und Tochter. Sie zerriss sie. Dann Briefe, in denen sie ihr Verständnis beteuerte, ihrer Mutter verzieh, was diese ihr angetan hatte. Sie zerriss sie.

Schließlich schrieb sie nur zwei Zeilen: »Liebe Mutter, ich würde dich gern kennenlernen. Romy (Tel. 0179-48762700)«.

Bereits einen Tag, nachdem sie diesen Brief abgeschickt hatte, sah sie beinahe unentwegt aufs Handy. Sie kontrollierte mehrmals täglich den Briefkasten. Doch ihre Mutter schrieb ihr nicht und rief sie auch nicht an.

Romy beschloss, ihr Bedenkzeit einzuräumen, weil sie diese sicherlich brauchte nach dem Schock, den der Brief ihrer Tochter ausgelöst hatte. Nach dem Schock, dass die Vergangenheit von Elisabeth Bergmann, geborene Müller, im Milieu Romy genannt, aufgeflogen war. Romy überlegte, ob sie in ihrem Brief hätte beteuern sollen, dass sie das Geheimnis ihrer Mutter niemandem verraten würde. Sie überlegte au-

ßerdem, ob sie einen weiteren Brief hinterherschicken sollte. Denn sie befürchtete auch, dass ihr Brief nicht angekommen sein könnte. Angeblich gingen doch täglich Hunderte Briefe verloren.

Romy trank und rauchte zu viel und vergaß manchmal das Essen. Sie wartete, wartete und fixierte das Handy, als wäre es ihr Feind.

Ihre Mutter rief nicht an.

Nach vier Wochen Warten beschloss Romy, den Zug nach Travemünde zu nehmen.

***

Auf dem Weg zum Haus seiner Eltern sah Jan auf die Uhr und tat dann etwas, das er um diese Zeit noch nie getan hatte. Er kaufte sich an der Strandoase auf der Kaiserallee ein Bier, nahm es mit ans Meer, lehnte sich gegen einen leeren Strandkorb, trank das Bier, während er übers Wasser sah. Er dachte dabei an Nina und fragte sich erneut, weshalb sie nicht anrief. Er hätte sie jetzt gern neben sich. Er war froh, dass sie sich wiederbegegnet waren. Er wollte, dass sie nie mehr fortging. Auch beim heutigen Abendessen mit seinen Eltern wüsste er sie gern neben sich. Bei diesem wöchentlichen Ritual, das seine Eltern eingeführt hatten, nachdem Jan vom Studium aus Berlin zurückgekehrt war, um sich in Travemünde als Anwalt und Notar niederzulassen. Seit er »nach Hause« zurückgekommen war, wie seine Mutter es bezeichnete. Noch nie hatte Jan auf diese Verabredung zum Essen so wenig Lust wie heute verspürt. Er liebte seine Eltern, doch gelegentlich kam es ihm vor, als befände er sich an einem Gummiband, an dem sie nur zu ziehen brauchten, um ihn wieder ganz bei sich zu haben. Manchmal fragte er sich, weshalb er nach dem Studium nach Travemünde zurückgekehrt war. Seine Eltern hatten das nie wirklich von ihm verlangt, doch ihm immer wieder in Aussicht gestellt, dass er eines Tages die Maklerfirma seines Vaters würde übernehmen können. Hatte Jan sich dadurch einfangen lassen?

Sein Vater hatte die Familie durch das Verkaufen von Wohnungen in Travemünde, Niendorf, Timmendorf und Lübeck zu einer der wohlhabendsten in Travemünde gemacht. Noch trat er als Makler nicht ab, weil ihm der Beruf nach wie vor viel Freude machte, doch Jan wusste, dass seine Eltern davon ausgingen, dass er als einziger Sohn eines Tages das einträgliche Immobiliengeschäft weiterführen werde. Lange war es Jan so vorgekommen, als wäre es sein eigener Wunsch gewesen, Jura zu studieren, inzwischen fragte er sich, ob es nicht vor allem der Wunsch seiner Eltern gewesen war, weil Jura einem zukünftigen Makler nicht schaden konnte.

Der Strand war fast menschenleer. Zwei Spaziergänger, die ihre Schuhe in der Hand trugen und barfuß durchs Salzwasser wateten. Eine ältere Frau bückte sich nach kleinen Muscheln. Ein junger Mann ließ auf Höhe des Maritim einen Lenkdrachen steigen. Drei große Möwen staksten Jan durch den Sand entgegen und beäugten, ob er Essbares bei sich hatte. Als sich eine Krähe im Sturzflug näherte, verscheuchten die Möwen sie mit breitem Flügelschlag und kehligem Geschrei. Die Sonne, die eben noch recht warm in Jans Gesicht geschienen hatte, war plötzlich nicht mehr zu spüren. Sie wurde vom Maritim verdeckt. Jan wusste, dass es etwa eine halbe Stunde dauern würde, bis die Sonne um den Turm herumgewandert war und wieder über diesen Strandabschnitt schien. Als im nächsten Moment sein Handy klingelte, sah er erschrocken auf die Uhr, weil er befürchtete, dass seine Mutter anrief. Doch Ninas Name war auf dem Display seines Handys. Jan versuchte, sich seine Freude nicht anmerken zu lassen.

»Rechtsanwalt Andresen, guten Tag.«

»Ich bin's, Nina. Ich habe eine Vorladung bekommen. Nach Lübeck. Morgen früh. Ich will da nicht allein hin …«

»Was steht noch in dem Schreiben?«

»Nichts. Irgendwas von Befragung, Zeugenvernehmung. Ich meine, ich war doch nicht dabei, als die alte Frau Bergmann …

»Wann sollst du in Lübeck sein?«

»Neun Uhr.«

»Ich hole dich halb neun ab.«

»Danke«, sagte Nina leise.

Jan hielt noch eine Weile das Handy ans Ohr, obwohl Nina bereits aufgelegt hatte. Er richtete sich auf und stellte die Bierflasche auf den Deckel einer Mülltonne, damit sie der nächste Flaschensammler gleich entdeckte und sie nicht erst aus dem Müll fischen musste.

Er wählte Ninas Nummer.

»Wenn du willst, können wir uns heute Abend noch treffen und darüber reden.«

Nina zögerte eine Weile und wollte es dann dabei belassen, dass sie sich am kommenden Morgen sahen.

Wollte die Polizei Nina vernehmen, weil sie inzwischen Beweise gegen sie hatten? Oder nur, weil sie keine weiteren Anhaltspunkte hatten als den, dass sie Nina in der Wohnung angetroffen hatten, kurz nachdem Frau Bergmann vom Balkon gestürzt war?

Auf der Promenade klopfte Jan den Sand aus den Schuhen. Vor dem geschlossenen Imbiss Bellevue saß ein Mann und hatte sich sein Abendessen und eine Flasche Wein mitgebracht, um den Abend hier draußen zu genießen. Jan und der Mann grüßten sich, obwohl sie sich nicht kannten.

Jan ging weiter und hatte das Gefühl, dass er immer langsamer wurde, je näher er dem Haus seiner Eltern kam. Sicherlich würden die beiden kaum ein anderes Thema haben als den Tod von Frau Bergmann. Sicherlich hatten sie die Frau gekannt, vielleicht hatte Jans Vater sogar geschäftlich mit ihr zu tun gehabt, ihr eine Wohnung verkauft oder eine für sie verkauft. Jan nahm sich fest vor, gegenüber seinen Eltern nicht zu erwähnen, dass er die bisher offenbar einzige Verdächtige in diesem Mordfall vertrat. Er würde auch nicht erwähnen, dass er ebenfalls Frau Bergmann rechtlich vertrat, denn sie hatte ihr Testament bei ihm hinterlegt. Etwas, das auch Nina noch nicht wusste. Jan würde sich bis zum morgigen Termin eine Strategie überlegen, damit die Kripo Nina endgültig in Ruhe ließe. Er musste als Anwalt offenbar vehementer auftreten.

Seine Mutter tischte Kabeljau auf, den sie frisch vom Kutter am Hafen gekauft hatte. Dazu Salzkartoffeln, zerlassene Butter und einen eiskalten weißen Burgunder. Jans Vater aß konzentriert und mit Genuss, während Jans Mutter ständig beobachtete, ob *ihre beiden Männer* auch noch genügend auf den Tellern hatten. Währenddessen redete sie wie erwartet über die »fürchterliche Sache«, die in Travemünde passiert war. Jan gab sich unbeteiligt. Er betrachtete den Pool, der sich, nur durch eine große gläserne Flügeltür vom geräumigen Esszimmer abgetrennt, nebenan im Salon befand. Er fragte sich, wann seine Eltern wohl das letzte Mal darin geschwommen waren.

Das warme Wasser im Pool dampfte, die vielen Grünpflanzen ringsherum machten den Eindruck, als könnte man ihnen beim Wachsen zusehen. Die Anmerkung seiner Mutter, dass es ja bereits eine Verdächtige geben solle, riss Jan aus seinen Gedanken. Er zuckte mit den Schultern, als hätte er keine Ahnung.

»Junge, das musst du doch mitbekommen haben! Stand doch alles in unserer Zeitung«, sagte die Mutter beinahe vorwurfsvoll.

»Nun lass ihn doch«, sagte sein Vater. »In Großstädten passiert fast täglich ein Mord, und niemand regt sich mehr darüber auf. Und hier passiert alle zehn Jahre mal was, und die Leute reden über nichts anderes mehr. Es gibt wirklich schönere Themen beim Essen. Wie geht es dir denn, mein Großer?«

»Gut, alles prima«, sagte Jan und hoffte, dass das Gespräch nicht noch einmal auf Frau Bergmann und damit indirekt auf Nina kommen würde.

Seine Eltern waren damals erleichtert gewesen, dass aus Jans und Ninas Freundschaft, wie sie es nannten, nichts Ernstes geworden war, dass sie an verschiedene Studienorte gingen. So liberal sich die Andresens gern gaben, so fremd wäre es ihnen wohl vorgekommen, wenn sich ihr Einziger mit der Tochter einer Witwe zusammengetan hätte, die in einem winzigen Haus in der Altstadt wohnte, einen kleinen Strandladen betrieb und für fremde Leute im Maritim putzte. Offenbar wussten Jans Eltern noch nicht, dass Nina zurück in Travemünde war, und auch nicht, dass die Verdächtigungen in der Presse ihr gegolten hatten. Und erst recht schienen sie nicht zu wissen, dass Jan sich längst wieder mit Nina traf.

»Und in deinem Büro?«, fragte der Vater. »Kommst du klar? Kommt genug dabei rum?«

»Ja, es läuft gut. Seit ich auch als Notar arbeite, habe ich reichlich zu tun.«

»Das war überhaupt die beste Idee deines Vaters, dass du dich auch als Notar niederlässt. Bei den vielen Immobilien, die er ständig verkauft. Die Kunden kann er doch alle zu dir schicken. Und dann die ganzen Testamente. Und bei Erbstreitigkeiten kannst du auch gleich alles regeln. Ich bin froh, dass es bei uns niemals Streit geben wird. Bei uns ist ja ganz klar, wer alles bekommt.«

Inge Andresen griff über den Tisch und streichelte Jans Hand. »Die Firma und das alles hier ...« Sie blickte hinüber zum Schwimmbecken im Salon. »Schön haben wir es, findet ihr nicht auch? Gut geht es uns.«

Jan nahm sein Glas, trank einen großen Schluck, lehnte sich zurück und fühlte sich plötzlich übermütig. »Ich muss allerdings sagen, dass mir bei aller Auslastung Familienstreitigkeiten und Kaufverträge irgendwann langweilig werden könnten. Deshalb habe ich mir überlegt, ab und zu auch ein bisschen Strafrecht zu machen und auch als Verteidiger zu arbeiten.«

»Wen willst du denn hier verteidigen? Hier passiert doch nur alle zehn Jahre was«, fragte sein Vater.

»Aber wenn, dann könnte ich das machen. Muss ja nicht immer Mord und Totschlag sein, es gibt ja auch kleinere Verbrechen.«

Inge Andresen schüttelte lächelnd den Kopf. »Nachher engagierst du noch einen Privatdetektiv, wie der im Fernsehen, wie heißt der noch, na, ich komme jetzt nicht drauf. Und dann findet ihr heraus, wer hier alles wen betrügt.« Jans Mutter stieß ihr Glas gegen das ihres Mannes. »Und dann findet er dabei heraus, wem du schon alles Wohnungen verkauft hast. Dass das aber alles sauber ablief, vielleicht ein bisschen überteuert, aber kein Betrug. Oder unser Großer muss Ehebrecher ausfindig machen.«

»Niemals Betrug!«, sagte Michael Andresen und lächelte seine Frau an. »Auch in der Ehe nicht.«

So liebte Jan seine Eltern.

»Hast du damals auch an Frau Bergmann verkauft?«

Michael Andresen nickte.

»Ich habe dem Paar eine der großen Eckwohnungen im Maritim verkauft. Und später auch noch einen Wirtschaftsraum dazu. Den wollten sie für ihren kleinen Sohn. Hauptwohnsitz war Hamburg, wo Herr Bergmann wohl eine gut gehende Firma hatte. Angenehme Leute waren das. Ist lange her, da warst du noch gar nicht auf der Welt. Der Sohn müsste jetzt schon über vierzig sein. Wahrscheinlich führt er den Betrieb seines Vaters weiter und wird die Wohnungen im Maritim behalten. Wenn sie sie loswerden wollen, wäre es natürlich schön, wenn sie damit zu mir kämen. Die große Wohnung müsste jetzt bei drei- bis vierhunderttausend Euro liegen. Knapp sechs Prozent Makler-Courtage für mich. Und dann noch der Wirtschaftsraum dazu, da kommt was zusammen. Vielleicht sollten wir mal Kontakt zum Sohn aufnehmen.«

»Jetzt gibt es erst mal ein feines Dessert«, sagte Inge Andresen. »Eis mit heißen Himbeeren! Wer möchte einen Espresso dazu?«

Jan und sein Vater hoben gleichzeitig die Hände.

***

Romy setzte sich auf die Bank vor der alten Betontreppe zur Maritim-Residenz. Sie sah immer wieder über den niedrigen Bretterzaun, hinüber zu den Gästen, die sich im Schwimmbecken oder im Ruhebereich des Schwimmbades aufhielten, aber eigentlich galt ihre Aufmerksamkeit dem Eingang der Residenz. Dort saß in einem Glaskasten ein Pförtner, an dem man nicht vorbeikam, ohne sich vorzustellen und anzugeben, zu wem man wollte, und der Romy kurz gemustert hatte, als sie sich der Tür genähert hatte. Nun, hier auf der Bank sitzend, konnte er sie nicht mehr sehen.

Romy trank Kaffee aus einem Pappbecher, den sie sich vom Stadtbäcker an der Promenade geholt hatte. Sie aß dazu ein Stück Mohnkuchen, das sie kaum hinunterbekam. Hinter ihrem Rücken waren Arbeiter mit Baggern und Planierraupen dabei, irgendwelche Schuttberge zu beseitigen. Auch die Promenade am Meer wurde saniert. Romy machte der Baulärm dünnhäutig. Sie steckte sich eine Zigarette an. Aus der

Residenz kamen ab und zu alte Leute. Jedes Mal erwartete Romy, dass jetzt ihre Mutter aus der Tür treten werde. Sie hatte ein Foto von ihr im Internet entdeckt, ein Foto von einer Jubiläumsfeier eines mittelständischen Hamburger Betriebs. »Elisabeth und Anton Bergmann gemeinsam mit ihrem Sohn Alexander«, stand unter dem Foto, das nur ein paar Jahre alt war. Das Gesicht Elisabeths, ihrer Mutter, hatte sich Romy genau eingeprägt. War Anton ihr Vater? Alexander ihr Bruder? Jedes Mal, wenn eine Fremde aus dem Haus trat, war sie enttäuscht. Zugleich auch erleichtert, dass sie ihrer Mutter noch nicht gegenüberzutreten brauchte. Denn sie hatte keine Ahnung, wie sie es tun sollte. Sie würde es einfach tun. Sie musste es tun. Dann würde sich alles Weitere ergeben, hoffte Romy.

Romy bedauerte, dass sie den Mohnkuchen an Spatzen verfüttert hatte. Es wurde Abend. Sie hatte Hunger. Die Zigaretten schmeckten auf nüchternen Magen nicht, doch sie rauchte, während sie weiterhin wartete.

Dann trat sie plötzlich aus der Tür: Romys Mutter. Elisabeth Bergmann.

Romy erkannte sie auf Anhieb.

Sie schob den leeren Kaffeebecher und das Kuchenpapier unter die Bank und stieg in sicherem Abstand die Treppe hinauf. Sie folgte ihrer Mutter in Richtung Uferpromenade. Klein kam ihre Mutter ihr vor, beinahe zerbrechlich. Auf dem Foto hatte sie stark gewirkt, doch jetzt? Die Sonne ging hinter dem Maritim unter und ließ den Himmel über dem Meer rot leuchten. In den hohen Bäumen am Strandbahnhof saßen Hunderte Krähen und schrien. Romy nahm das alles kaum wahr. Sie folgte ihrer Mutter im Abstand von etwa zwanzig Metern. Plötzlich blieb diese stehen und drehte sich zu ihr um. Romy verlangsamte ihren Schritt und wich dem Blick der Mutter aus. Wie oft hatte sie sich vorzustellen versucht, wie die erste Begegnung zwischen ihnen verlaufen würde.

Was willst du von mir?, *hatte sie dann ihre Mutter zum Beispiel fragen hören.* Schön, dass du mich endlich gefunden hast, *kam in Romys Phantasie nicht vor.*

Elisabeth Bergmann drehte sich wieder um und ging weiter. Romy blickte über ihre Schulter und sah einen jüngeren Mann näher kommen, der Elisabeth Bergmann nicht aus den Augen ließ. Er überholte Romy.

Als er auf Elisabeth Bergmanns Höhe war, streifte er deren Hand. Sie umfasste kurz seine Finger und ließ den Mann vorbeigehen. Er bog ab und nahm die Stufen zur Bar des Columbia Hotels.

Romy folgte ihrer Mutter, die auf sehr hohen Schuhen, in einem engen Kostüm und mit einer edlen Handtasche in der Armbeuge sicheren Schrittes bis zum Haupteingang des Hotels ging und ebenfalls darin verschwand.

FÜNF

»Kriminalhauptkommissar Mittermaier«, stand an der Tür, an die Jan klopfte. Bevor sie eintraten, sahen Nina und er sich noch einmal in die Augen.

Mittermaier stand hinter seinem Schreibtisch auf, kam ihnen mit ernster Miene und ausgestreckter Hand entgegen. Dass er sich dafür bedankte, dass sie gekommen waren, irritierte Nina. Er wies auf die zwei Stühle auf der anderen Seite seines Schreibtisches und setzte sich wieder.

Nina schob die Hände unter die Oberschenkel. Ihre Knie zitterten, sie drückte die Sohlen auf den Boden.

Der Kommissar hatte eine offene Akte vor sich liegen. Er sah zu Nina, dann zu Jan. »Ich muss Ihnen leider mitteilen, dass wir in unseren Ermittlungen immer noch davon ausgehen, dass Frau Elisabeth Bergmann keinen Suizid begangen hat. Das Opfer hat keinen Abschiedsbrief hinterlassen, was vorkommt, aber in diesem Fall spricht dagegen, dass das Opfer einen Sohn hinterlässt. Was aber noch entscheidender ist: Die Ermittlungen haben ergeben, dass das Opfer für jemanden, der gesprungen ist, viel zu dicht am Haus lag. Wäre sie gesprungen, hätte sie sich abgestoßen. Das machen Menschen so, die aus großer Höhe springen, um Suizid zu begehen.«

Mittermaier sah Nina an, als wäre es nun an ihr, etwas zu sagen.

»Auch dabei wird es, wie bei den Abschiedsbriefen, Ausnahmen geben«, wandte Jan ein. »Wenn das alles ist, was Sie gegen meine Mandantin vorzubringen haben, halte ich es für eine Zumutung, dass Sie sie vorgeladen haben. Neulich haben Sie Frau Wagner bereits unter dem Vorwand, ihre Zeugenaussage zu Protokoll zu nehmen, verhört und ihre Fingerabdrücke genommen. Dann fahren Sie vor ihrem Zuhause vor, um ihr eine Vorladung zu bringen, nur weil Ihnen bei der Aufklärung des Falles, wenn es denn überhaupt einer ist, nichts Besseres einfällt, als meine Mandantin noch einmal zu verhören. Das hat längst Formen der Rufschädigung angenommen. Ich fordere Sie auf, dies sofort zu unterlassen. Wir werden jetzt gehen.«

Jan erhob sich.

Nina schreckte auf und tat es ihm gleich.

»In der Wohnung des Opfers sind überall Fingerabdrücke Ihrer Mandantin! Bitte setzen Sie sich wieder«, sagte Mittermaier.

»Frau Bergmann hieß die Frau«, sagte Nina, »Elisabeth Bergmann.«

Mittermaier sah sie überrascht an und nickte. »In der Wohnung von Frau Bergmann wimmelt es nur so von Ihren Fingerabdrücken.«

Schuld ist ein Gefängnis, das man sich selbst baut, hatte mal jemand gesagt. Weshalb fiel das Nina jetzt ein?

»Meine Mandantin hat dort regelmäßig geputzt, das wissen Sie bereits!«, sagte Jan.

»Unsere Befragungen haben ergeben, dass Frau Bergmann ansonsten keinen Kontakt nach außen hatte. Außer zu ihrem Sohn.«

»Dann fragen Sie den!«, erwiderte Jan.

»Haben wir. Er hat ein Alibi, er war zur Tatzeit in Hamburg.«

»Wenn es denn eine Tat war«, sagte Jan und fasste Nina am Arm. »Auf Wiedersehen!«

***

Während der Fahrt zurück nach Travemünde aschte sie aus dem Fenster. Jan hatte ihr erlaubt, im Auto zu rauchen, obwohl er das nicht mochte. Nina starrte unentwegt aus dem Seitenfenster, auf den Randstreifen, obwohl ihr schon schwindlig war, davon oder von der zweiten Zigarette auf nüchternen Magen oder von dem, was sie soeben bei der Polizei in Lübeck erlebt hatte.

»Und morgen kommt die Polizei wieder bei mir an, weil ihr nichts Besseres einfällt«, sagte sie, ohne den Blick von der Straße zu wenden.

»Es ist ihr Job, in alle Richtungen zu ermitteln«, erwiderte Jan. »Du warst nun mal im Haus, als die alte Frau …«

»Es waren viele im Haus! Auch du warst inzwischen in der Wohnung!«, fuhr Nina ihn an. »Die Polizei ermittelt nur in eine Richtung – und zwar in meine! Wer weiß, wer hinter Frau Bergmann her war. Sie war reich, das wussten viele. Sie ging außerdem regelmäßig ins Casino. Vielleicht hat jemand sie dabei beobachtet, wie sie gewonnen hat. Vielleicht wusste jemand von dem vielen Geld in ihrem Schrank!«

Jan fuhr am Ortseingang vorbei, an Penny, an Lidl, an KiK. Die Ampel Höhe REWE war rot. Er hielt und sah Nina an. »Welches Geld?«

»*Das* Geld. Eine Tasche voll im Schrank. Am Tag vorher war es noch da. Und dann, als sie tot war, war es weg.«

»Woher weißt du das?«

Nina zog die Schultern hoch. Es war längst grün. Jemand hinter ihnen hupte. Jan fuhr an.

»Ich höre das zum ersten Mal. Das hättest du doch der Polizei sagen müssen! Das ist doch ein Motiv für Mord. Raubmord.«

»Ein Motiv, das man mir unterschieben würde!«

Jan hielt auf dem Parkplatz seines Büros am Hafen. Die Fähre, die von der Seniorenresidenz Rosenhof kam, legte gerade an.

Eine Weile herrschte Schweigen.

»Mir hättest du von dem Geld erzählen müssen. Ich bin dein Anwalt.«

Nina nickte. »Ja, vielleicht.«

Sie öffnete die Tür, stieg aus und beugte sich noch einmal zu Jan.

»Ich kann dir nur sagen, ich habe das Geld nicht. Und ich war es nicht!«

»Nina, das behauptet doch kein Mensch!«

»Ach nein? Die Polizei, die Leute, sogar meine Mutter.«

»Ich meine, ich behaupte das nicht.«

»Du bist ja auch mein Anwalt.«

Jan stieg ebenfalls aus und lehnte sich ans Auto. »Ich bin nicht nur dein Anwalt, ich bin auch dein Freund.«

Nina sah ihn fest an.

»Dann hilf mir, denjenigen zu finden, der es wirklich war,

denjenigen, der die alte Frau Bergmann vom Balkon gestoßen hat. Damit endlich wieder Ruhe ist!«

Jan schüttelte den Kopf. In dem Moment, als er dagegenhielt, dass das Sache der Polizei sei, fuhr auf Höhe des Parkplatzes mit langem, lautem, dreimaligem Hupen die »MS Helena« durch die Trave aufs Meer hinaus.

»Was hast du gesagt?«, rief Nina und ging davon. »Ich denke, du bist mein Freund!«

Jan schrie gegen das Motorengeräusch der »Helena« an. Er werde ihr helfen, schrie er.

Doch das hörte Nina nicht mehr.

***

Romy suchte in ihrer Tasche nach dem Personalausweis. Die Frau, die die Gäste ins Casino einließ, Ausweise kontrollierte und Männern gegebenenfalls Jacketts und Krawatten lieh, musterte Romy von oben bis unten, mit einem Blick, der aussagte, dass sie eigentlich von ihren Gästen angemessenere Kleidung wünschte als schwarze Jeans und eine Lederjacke, auch wenn diese zweifellos teuer gewesen waren.

Romy lächelte der Frau ins Gesicht und bedankte sich betont laut, als sie endlich eintreten durfte.

Drinnen war nicht viel los. An zwei Roulettetischen standen ein paar Männer und Frauen und spielten konzentriert. Romy entdeckte ihre Mutter an einem der Tische. Elisabeth Bergmann war die am besten gekleidete Frau im Raum. Romy fühlte so etwas wie Stolz und ging dicht an ihr vorbei in Richtung Bar. Dort entschied sie sich, Cuba Libre zu trinken, damit sie wach und mutig blieb. Hastig aß sie ein paar Nüsse, die ihr der Barkeeper hingestellt hatte.

Romy steckte sich eine Zigarette an und fixierte ihre Mutter, die sich nicht die Mühe machte, Bargeld in Spiel-Jetons einzutauschen, sondern in ihre Tasche griff und die Geldscheine direkt einsetzte. So schnell, wie sie das Geld gesetzt hatte, verlor sie es. Der Croupier strich es zügig in einen Spalt, ins Innere des Roulettetisches. Elisabeth Bergmann schien das nichts auszumachen. Sie zog weitere Scheine aus ihrer Tasche mit dem goldenen Engelskopf als Verschluss. Dicht neben ihr stand der jüngere Mann, der Romy auf der Promenade aufgefallen war. Elisabeth

Bergmann wandte sich ihm gelegentlich lächelnd zu. Einmal berührte sie ihn an der Hüfte und ließ ihre Hand dort eine Weile länger liegen, als eine Frau das bei einem fremden Mann tun würde.

War er ihr Sohn? Romy war sich sicher, dass das nicht sein konnte, denn auf dem Familienfoto im Internet war als Sohn ein dunkelhaariger, sehr groß gewachsener junger Mann abgebildet gewesen, einer, der nach seinem attraktiven Vater kam und ebenfalls schon wie ein hanseatischer Unternehmer wirkte. Der dort am Roulettetisch war etwa eins siebzig groß, hatte dunkelblondes, längeres Haar, und Krawatte und Hemd wirkten an ihm wie eine Verkleidung. Er schien nervös zu sein wegen des vielen Geldes, das Elisabeth Bergmann verlor. Er selbst setzte nur zaghaft. Er wirkte harmlos, gleichzeitig hatte er etwas Arrogantes an sich. Künstler, überlegte Romy, vermutlich trug er im Alltag Kleidung von Thomas i Punkt, die ihm zu groß war. Vermutlich hatte er längst festgestellt, dass er nicht ausreichend Talent für einen bedeutenden Künstler hatte, und geblieben war ihm eine Künstlerpose. Romy kannte diese Typen aus den diversen Kneipen, in denen sie in ihrem Leben gejobbt hatte. Sie verachtete sie.

Plötzlich gewann Elisabeth Bergmann. Unbeeindruckt schob ihr der Croupier eine Menge Jetons hin. Sie reagierte mit einem kurzen Lächeln und schob mehr als die Hälfte zu ihrem jungen Begleiter hinüber.

Romy trank noch einen Cubra Libre. Sie fühlte sich ruhig und mutig und so, als wäre sie ihrer Mutter ganz nah, nur noch einen Augenblick lang von ihr getrennt.

Ein älterer Mann kam zu Romy an den Tresen, er schwitzte, bestellte Whiskey, faselte etwas von einer Pechsträhne, die er gerade hätte, dann eilte er zurück an den Spieltisch. Er setzte und verlor erneut.

Kurz darauf kam Elisabeth Bergmann an die Bar. Sie stand nur einen knappen Meter von Romy entfernt und lächelte ihr flüchtig zu, bevor sie Champagner bestellte. Der Barkeeper freute sich: »Wie immer, gnädige Frau?«

Elisabeth Bergmann sah ihn an, als hätte er sie beleidigt. Der Barkeeper öffnete gekonnt eine Flasche Veuve Clicquot Gold Label, schenkte zwei Gläser ein und stellte die Flasche in einen Champagnerkübel. Elisabeth Bergmann trank und sah dabei hinüber zu ihrem Begleiter.

»Hallo, Mutter«, hörte Romy sich in Gedanken sagen.

Elisabeth Bergmann stellte ihr Glas ab und gab dem Barkeeper zu verstehen, dass sie gleich wieder da sei. Sie flüsterte im Vorbeigehen dem jungen Mann am Spieltisch etwas zu und ging in Richtung der Toiletten.

Romy folgte ihr.

Im Vorraum der WCs tupfte sich Elisabeth Bergmann die Nase mit einem Schwamm und Puder von Chanel. Romy stellte sich neben ihre Mutter und konnte nicht anders, als sie im Spiegel anzusehen. Dabei ließ sie kaltes Wasser über ihre Handgelenke laufen. Elisabeth Bergmann konzentrierte sich jetzt auf ihre Lippen und benutzte einen Lippenstift von Chanel. Dann frisierte sie ihr halblanges, brünett getöntes Haar nach. Einmal traf sich ihr Blick kurz mit Romys.

Romy trocknete sich die Hände ab und wandte sich ihrer Mutter zu. »Ich bin Romy«, sagte sie.

Elisabeth Bergmann begann gerade ihre Wimpern nachzutuschen und nickte kurz.

»Ich bin Romy, deine Tochter«, sagte Romy.

Elisabeth Bergmann ließ den Arm sinken und starrte in Romys Spiegelbild. Die Farbe wich aus ihrem Gesicht.

»Ich habe dir geschrieben und nichts von dir gehört. Deshalb bin ich hier.«

Romy wusste nicht mehr, was sie noch sagen sollte. Auch Elisabeth Bergmann schwieg. Beide Frauen ließen einander nicht aus den Augen.

»Und was willst du?«, fragte Romys Mutter.

»Dich kennenlernen.«

Elisabeth Bergmann wandte den Blick ab und räumte ihre Schminksachen in die Handtasche. »Wozu?«

Eine Frau betrat den Vorraum.

»Ich muss zurück«, sagte Elisabeth Bergmann und wandte sich ab.

Romy fasste ihre Mutter an den Oberarm. Erschrocken ließ sie sofort wieder los. »Lass uns bitte treffen, morgen!«

Elisabeth Bergmann strebte in Richtung Ausgang. »Um elf bei Niederegger. Auf einen Kaffee«, sagte sie im Hinausgehen und verließ den Raum, ohne sich noch einmal zu Romy umzudrehen.

***

Nina hastete in Richtung Strand. Vorbei an Fisherman's und an der »Marittima«, die gerade ablegte. Vorbei an den weißen Buden, in denen Windspiele, Schmuck und T-Shirts mit lustigen Aufdrucken verkauft wurden. Am letzten Büdchen blieb Nina stehen. Außergewöhnlicher Schmuck aus Muscheln oder besonderen Steinen zu günstigen Preisen fand sich dort in den Auslagen. Die junge Verkäuferin beriet gerade eine Frau, die eine Kette aus roter Koralle kaufen wollte. Nina setzte einen Ring aus buntem Glas auf. Sie legte ihn wieder zurück. Sah sich um. Setzte ihn erneut auf. Und ging damit davon.

Außer Atem ließ Nina sich in den Sand fallen. Haufenwolken zogen am Himmel entlang und verdeckten immer wieder die Sonne. Nina saß mit dem Rücken zum Maritim. Sie wollte den Turm nicht mehr sehen, doch das Geräusch der Bagger, die die Fläche bearbeiteten, auf der bis vor Kurzem das alte Hallenbad gestanden hatte, drang bis an den Strand und erinnerte sie an den Ort, der ihr Unglück gebracht hatte.

Ninas Handy klingelte, sie drückte Jans Anruf weg. Eine große Qualle war ans Ufer gespült worden. Vielleicht lebte sie noch. Hatten Quallen eine Chance, um ihr Leben zu kämpfen, fragte Nina sich. Sie waren wohl abhängig davon, dass ihnen jemand zurück ins Wasser half. Nina zog den Glasring vom Finger. Sie mochte ihn plötzlich nicht mehr. Sie überlegte, ihn ins Wasser zu werfen, steckte ihn aber in ihre Tasche.

Ein junges Paar ging vorbei und unterhielt sich mit seinen zwei kleinen Kindern abwechselnd auf Deutsch und Englisch. Gar nicht schlecht, dachte Nina und musste nun auch noch an ihren Beruf denken, dem sie eigentlich nachgehen sollte. Woran sollte sie noch alles denken? Sie war so müde von all dem, das war sie bereits in Hamburg gewesen. Müde von den Akquisebemühungen um Übersetzungsaufträge, die ihr dann oft viel Arbeit und wenig Geld einbrachten oder ganz ins Leere liefen. Sie hatte vor ihrer Rückkehr nach Travemünde deshalb sogar schon überlegt, sich einen zusätzlichen, ganz anderen Job zu suchen, um finanziell über die Runden zu kommen. Nun war sie in Travemünde, und anfangs hatte sie den Eindruck gehabt, die Erkrankung ihrer Mutter wäre zur rechten Zeit gekommen, sodass Nina ihren eigentlichen Problemen für eine Weile ausweichen konnte. Wenigstens hier war sie gefragt, sah einen Sinn in ihrem Tun. Doch nun hatte ihr diese Flucht noch größere Probleme eingebracht, als sie ohnehin schon hatte. Sie war so müde von all dem.

Das Schiff, das die Seebestattungen durchführte, fuhr hinaus. Wurde die Asche der Toten verstreut? Und flog sie einem da draußen dann ins Gesicht? Nina wusste es nicht. Das *nach dem Tod* hatte sie bisher noch nie interessiert. Ein Bild von lauter Urnen auf dem Meeresgrund, die sich mit jeder Welle in Richtung Ufer bewegten, drängte sich ihr auf. Sie ließ sich rücklings in den Sand fallen. Eine große Möwe kreiste über ihr und hielt einen Moment inne, als wollte sie sich gleich auf Nina hinabstürzen.

Das Handy klingelte. Nina wollte den Anrufer wegdrücken und sah im letzten Moment, dass es ihre Mutter war.

»Wo steckst du denn?«, fragte sie.

Nina hatte keine Antwort parat.

»Der Herr Schönfeld hat angerufen. Der reist heute an und möchte gern, dass du vorher mal durchlüftest und nach dem Rechten schaust. Ich habe gesagt, das geht klar. Das ist aber Stunden her, du warst ja nicht zu erreichen. Vielleicht ist er nun schon da …«

»Ich gehe gleich hoch«, sagte Nina. »Noch was?«

»Er freut sich immer, wenn man ihm zwei, drei Brötchen mitbringt, dann muss er nicht gleich los, um einzukaufen. Und Nina, bitte, sei nett zu ihm, ja? Der scheint noch nichts gehört zu haben von der Sache. Sonst hätte er sicherlich nicht angerufen.«

Mit einem »bis später« beendete Nina das Gespräch und richtete sich auf. Die Sonne verschwand gerade hinter dem Maritim und warf einen langen Schatten über den Strand bis zum Meer.

Langsam ging Nina in Richtung Turm. Sie wollte dort nicht hin. Sie wollte nicht nach Hause. Sie würde auf Herrn Schönfeld warten, in der Hoffnung, dass er ihr etwas über Frau Bergmann erzählen könnte. Noch hatte sie alle Schlüssel, auch den zu Frau Bergmanns Wohnung. Nina wusste jetzt, wo sie anfangen könnte zu suchen. Offenbar tat das außer ihr niemand.

Beim Stadtbäcker an der Uferpromenade hielten ein paar Leute ihre Gesichter in die Sonne, während sie warm gemachte Schoko-Franzbrötchen oder Wikinger mit Pute kauten. Nina kaufte fünf Knackfrische, weil es darauf Mengenrabatt gab, und für sich einen Kaffee zum Mitnehmen. Sie setzte sich auf die Bank neben dem Verkaufsstand. Die alte Toilettenfrau saß wie immer vor dem Eingang zu den WCs und fütterte die Gruppe Enten, die sich täglich hier versammelte, weil es hier etwas zu fressen gab. Nina nahm eins der trockenen Brötchen aus der Tüte, sie kaute es langsam, sie hatte seit dem Morgen kaum etwas gegessen.

Im Glaskasten am Eingang saß der Pförtner, den sie am nettesten fand, das erleichterte sie. Er winkte ihr kurz zu und öffnete ihr von seiner Loge aus die Automatiktür zum Fahrstuhl. Aus einem der drei Fahrstühle kam der Mann mit dem bunten, langen Schal heraus, den Nina hier neulich schon mal gesehen hatte und der, wie sie fand, so wenig hierher passte.

Nina fuhr in das kleine Apartment, das Frau Bergmann gehörte. Sie hatte das Gefühl, es sei jemand hier gewesen, denn das Fernglas stand nicht mehr dort, wo sie glaubte, es beim letzten Mal abgestellt zu haben. Vielleicht täuschte sie sich, denn sie hatte kaum genaue Erinnerungen an den Tag, an dem das mit Frau Bergmann passiert war. *Die Sache*, wie Ninas Mutter es nannte. Die Sache, die dadurch auch Nina passiert war. Sie beschloss, zunächst in Herrn Schönfelds Apartment zu fahren, um die Brötchen abzulegen und durchzulüften. Im einunddreißigsten Stockwerk klopfte sie an seine Tür. Gerade als sie aufschließen wollte, öffnete Herr Schönfeld. Nina hielt ihm die Brötchentüte entgegen.

»Tut mir leid, eher habe ich es leider nicht geschafft.«

Schönfeld nahm freudig die Tüte entgegen.

»Was siehst du wieder hübsch aus, komm rein!«

Nina wusste nicht, was sie nun noch bei dem alten Mann sollte, und folgte ihm in die Küche. Schönfeld öffnete eine der Leberwurstdosen, die er vielleicht schon seit Jahren in seinem

Küchenschrank gestapelt hatte. Auch hatte er sich bereits für seinen Aufenthalt in Travemünde umgezogen und trug eine dunkelblaue Jacke mit breitem Revers und Seemannswappen, die vielleicht schon seit er das Apartment besaß in seinem Schrank hing.

»Willst du auch eins?«, fragte Schönfeld und wies auf die Brötchen.

Nina lehnte dankend ab. Schönfeld fragte halbherzig nach, wie es ihrer Mutter gehe. Nina begann zu berichten. Damit hatte sie dem Mann den Einsatz gegeben, um von seinen Krankheiten zu erzählen, was er ausgiebig tat.

Nina sah heimlich auf die Uhr. Schönfeld holte seine Brieftasche hervor.

»Kannst hier ja noch den Balkon sauber machen, dann lohnt es sich wenigstens für dich.«

Nina holte Schönfelds Besen, Eimer und Lappen. Sie kratzte Möwenkacke vom Boden des Balkons. Schönfeld stand in der Tür und redete über seinen grauen Star und die Prostata. Als er damit fertig war, erzählte er Nina, dass er jetzt öfter nach Travemünde kommen wolle. Er sei dabei, seine gesamten Mietshäuser in Hamburg zu verkaufen. Er wisse noch gar nicht, was er mit seiner vielen Zeit anfangen sollte, wenn er nicht mehr Eigentümer und Vermieter wäre. Und was solle er mit dem vielen Geld anfangen? Er habe ja keine Kinder, keine Erben. Sein Steuerberater würde von ihm jetzt schon verlangen, dass er vierzigtausend Euro im Monat ausgeben solle, nur so, fürs Leben. Wie solle das denn gehen?

Schönfeld ging zurück in die Wohnung und kam mit einer weiteren mit Leberwurst beschmierten Brötchenhälfte zurück. »Ich meine, mehr als essen kann man doch nicht. Vierzigtausend Euro im Monat ausgeben. Wie denn? Vielleicht kann ich dich ja mal zum Essen einladen, ins Fisherman's zum Beispiel.«

Nina lächelte Schönfeld entgegen, während sie die alten weißen Plastikstühle abrieb.

»Das Schlimmste ist, dass ich nicht weiß, wie ich das ganze Geld anlegen soll, das ich für meine Mietshäuser bekomme. Ich meine, das sind fast fünfzig Wohnungen. Dafür bekomme ich sehr viel Geld, wie du dir vielleicht vorstellen kannst. Ich meine, die Banken, die geben einem heutzutage doch nichts mehr. Die paar Zinsen, die sind doch Quatsch.«

Ich kann Ihnen ja meine Kontonummer geben, hätte Nina am liebsten gesagt. Wut stieg in ihr auf. Oder war es Neid? »Behalten Sie die Häuser doch noch«, sagte sie.

Schönfeld kaute. »Das Schlimmste ist die Leere. Vor der habe ich am meisten Angst, wenn ich nichts mehr zu tun habe. Die Leere, die ist das Schlimmste. Was mache ich dann, ohne Aufgabe? Ich war ja die ganzen Jahre über nur ein bis zwei Mal im Jahr hier. Aber jetzt werde ich öfter hier sein. Vielleicht können wir ja mal essen gehen«, wiederholte er, und es klang nicht wie eine Frage.

Nina sagte »Fertig!«, als sie an dem Mann vorbei in die Küche ging und das Putzzeug wegräumte. Den Eimer mit dem Wischwasser kippte sie in der Toilette aus. Das Bad war noch in den Farben der siebziger Jahre gehalten, grün und beige. Schönfeld kramte aus seiner Brieftasche einen Zehn-Euro-Schein für Nina hervor.

Sie sah auf den Schein wie auf etwas Schmutziges.

Schönfeld sagte: »Stimmt so. Hast ja auch noch Brötchen geholt.«

Nina nahm das Geld. Jetzt fühlte sie sich schmutzig. »Kennen Sie eigentlich viele Leute hier im Haus?«

Schönfeld schüttelte den Kopf. »Nein, nur so vom ›Guten Morgen‹ und ›Schönen Abend‹ im Fahrstuhl. War ja immer selten hier.«

»Kennen Sie eine Frau Bergmann?«

»Nein, wohnt die auch hier?«

Nina nickte. »Über dreißig Jahre.«

Schönfeld kaute. »Der Name sagt mir nichts. Aber ab jetzt werde ich ja öfter hier sein.«

Er stand mitten im Raum und schaute sich in seinem Apartment um, als sähe er es zum ersten Mal. »Fast vierzig Jahre habe ich das hier schon. Wo ist bloß die Zeit geblieben? Vielleicht sollte ich mir auf meine alten Tage noch ein Boot zulegen. Der Golfklub soll auch gar nicht so schlecht sein. Irgendwie muss ich die Leere füllen. Grüß deine Mutter von mir. Ich rufe an, wenn ich euch brauche.«

Nina nickte. Schönfeld gab ihr zum Abschied die Leberwursthand.

***

Nach der Begegnung mit ihrer Mutter war Romy so erschöpft, dass sie sofort das Columbia Hotel verließ und im nahe gelegenen Strandschlösschen ein Zimmer buchte.

Am nächsten Morgen saß sie übermüdet am Frühstückstisch im Wintergarten des kleinen Hotels. Sie versuchte etwas zu essen, doch sie kaute nur mit den vorderen Zähnen, trank eine Tasse Kaffee nach der anderen und ging immer wieder zum Rauchen vor die gläserne Tür.

Sie hatte kaum geschlafen. In den letzten Wochen hatte Romy oft von ihrer Mutter geträumt, von einer gesichtslosen Mutter. Alles, was man vergessen will, schreit im Traum um Hilfe, *hatte sie mal irgendwo gelesen. Romy wollte endlich wieder ruhig schlafen. Vielleicht würde sie es nach dem heutigen Treffen können.*

Es war erst acht Uhr. Romy fragte sich, wie sie die Zeit bis zum Treffen mit ihrer Mutter herumbringen sollte.

Sie war der erste Gast, der so früh im Strandschlösschen frühstückte. Die nette Kellnerin fragte schon zum zweiten Mal, ob alles in Ordnung sei. Romy bejahte und spürte, dass die Kellnerin gern einen Small Talk mit ihr führen wollte, doch Romy stand nicht der Sinn danach, übers Wetter zu reden.

Sie sah durch die große Scheibe des Wintergartens übers Meer. Bilderbuchwolken hingen überm Horizont. Ansonsten war der Himmel blau. Das Rauschen des Meeres war durch die offene Tür zu hören. Salzige Luft wehte herein. Romy wurde plötzlich bewusst, wie grau und staubig Berlin war.

Als die Kellnerin zum dritten Mal auf sie zusteuerte, stand Romy abrupt auf und verließ das Restaurant. Auf der Promenade war es windiger, als sie angenommen hatte. Ihre langen brünetten Haare wehten in alle Richtungen.

Noch fast drei Stunden, überlegte Romy, noch fast drei Stunden bis zum Treffen mit ihrer Mutter.

Der Strandkorbverleih hatte noch nicht geöffnet. Zwei ältere Damen schlossen ihre offenbar für längere Zeit angemieteten Körbe auf und holten Klappstühle und Badetücher hervor. Die eine Frau befestigte Kleiderbügel am Strandkorb, auf die sie dann sorgfältig ihre Oberbekleidung hängte, bevor sie sich ihr Badekleid aus Frottee überzog. Die andere drapierte eine Thermoskanne und einen Krimi auf dem ausklappbaren Tischchen des Strandkorbes und ließ sich mit einem erleichterten Stöhnen hineinsinken.

Romy ging direkt am Ufer auf dem schmalen Streifen angespülter kleiner Steine entlang und hielt unwillkürlich Ausschau nach Muscheln, doch es waren keine zu finden. Nur ein paar dicke Quallen waren über Nacht ans Ufer gespült worden.

Romy hatte Lust, ihre Schuhe auszuziehen, wenigstens an den Füßen das Meer zu spüren, doch sie ließ es bleiben, denn sie hatte kein Handtuch und keine Sachen zum Wechseln dabei und wollte so schön wie möglich zum Treffen mit ihrer Mutter erscheinen. Immer wieder sah sie auf die Uhr. Die Zeit verging nur langsam. Romy wusste nicht, ob sie froh darüber sein sollte. Zwei kleine Jungen kamen ans Wasser gerannt. Der eine stoppte beim Anblick der angeschwemmten Quallen und schrie vor Ekel auf. Der andere nahm das zum Anlass, mit beiden Händen eine große Qualle zu greifen und nach seinem vor Angst weglaufenden Bruder zu werfen.

Romy erinnerte sich, dass sie mit vierzehn Jahren das erste Mal in ihrem Leben am Meer gewesen war. Eine neue Leiterin hatte Ende der siebziger Jahre das Heim übernommen, vieles versucht zu verändern und unter anderem für mehrere Mädchengruppen ein Wochenende in einem Zeltlager organisiert. Romy war damals in die Wellen hineingelaufen, ohne daran zu denken, dass sie nicht schwimmen konnte. Sie war untergetaucht und vor Schreck aus dem Wasser aufgesprungen, weil es so salzig schmeckte. Die Strömung hatte sie minutenlang keinen Boden unter den Füßen finden lassen. Es wurde der Sommer, in dem sie schwimmen lernte.

So wie jetzt der kleine Junge hatte Romy sich mit ihrer Freundin Nadja den Spaß gemacht, anderen Mädchen Quallen auf die nackten Rücken zu klatschen. Romy und Nadja waren beste Freundinnen gewesen, solange sie im Heim gewesen waren. Sie hatten jedes Geheimnis geteilt und so viel wie möglich gelacht. Es waren noch ein paar an-

dere Mädchen dabei gewesen, mit denen sie zusammenhielten. Sie konnten sich ein Leben ohne einander nicht vorstellen. Als das Heim um 1980 herum aufgelöst wurde, versprachen sie sich, in Kontakt zu bleiben. Doch alle gingen ihrer Wege, und keine suchte den Kontakt zur anderen. Romy hatte alles vernichtet, was sie aus dem Heim mitgenommen hatte – auch das Foto von Nadja und sich und die Kontaktdaten, die sie von ihr zum Abschied bekommen hatte. Jahre später war sie Nadja zufällig in Berlin auf dem Ku'damm begegnet. Beide Frauen hatten sich auf Anhieb wiedererkannt und den Blick dann abgewandt. Nichts sollte sie mehr an ihr Dasein im Heim erinnern, an ihr Leben unter den barmherzigen Schwestern. Als hätte es das nicht gegeben.

Es war Romy lange gelungen, so zu leben, als hätte diese Kindheit nicht stattgefunden. Niemandem hatte sie davon erzählt. Wenn überhaupt mal jemand nach ihren Eltern fragte, dann sagte sie, diese würden leider in einem Pflegeheim wohnen, für das sie finanziell mit aufkäme, was ihr in der jeweiligen Kneipe, in der sie gerade jobbte, oft mehr Trinkgeld einbrachte. Sie hatte bis vor Kurzem keine Ahnung gehabt, dass es ihrer Mutter gelungen war, ein Leben im Wohlstand zu führen, nachdem sie Romy in dieses Heim abgeschoben hatte. Oder weil *sie Romy in dieses Heim abgeschoben hatte.*

Dass sie eine reiche Mutter hatte, war etwas Unfassbares für Romy. Eine Mutter, die eine hanseatische Dame geworden war, obwohl sie im Rendezvous gearbeitet hatte. Wie viel Glück muss man haben oder wie wenig Skrupel, dachte Romy. Sie sah zum Turm, dem Maritim, in dem ihre Mutter jetzt vielleicht gerade die Augen öffnete, aufstand und begann, sich für das Treffen mit ihr anzukleiden. Hatte ihre Mutter nach der gestrigen Begegnung im Casino des Columbia gut schlafen können, fragte sich Romy. Sie befürchtete es.

***

Nina wartete auf dem dicken Teppich vor den Fahrstühlen. Als sich eine der Türen öffnete, stand Jan darin. Er stellte sich in die offene Tür, damit sie sich nicht schloss.

»Ich habe versucht dich zu erreichen! Weshalb gehst du nicht ans Telefon?«

»Ich habe zu tun«, sagte Nina.

Jan trat auf den Flur. Der Fahrstuhl schloss sich hinter ihm und fuhr mit ratterndem Geräusch nach unten.

»Ich bin dein Freund. Ich helfe dir. Aber du musst dich an Regeln halten, sonst bekommen wir noch mehr Ärger.«

»Ich bekomme den Ärger, ich, nicht du. Ich werde jetzt da hochgehen und in Frau Bergmanns Wohnung nachsehen, ob es irgendeinen Hinweis gibt, weshalb jemand ihr das angetan hat.«

Nina drückte auf den Fahrstuhlknopf nach oben. Jan legte Nina die Hand auf den Arm.

»Du kannst nicht in die Wohnung von Frau Bergmann gehen, sie wird von der Polizei versiegelt worden sein!«

»Ist mir egal«, sagte Nina und starrte stoisch auf die Anzeige des Fahrstuhls. Endlich öffnete sich eine der drei Türen mit einem »ding, ding«. Jan stieg mit ein. Nina sah während der kurzen Fahrt auf den Boden, um nicht Jans Blick in der Spiegelwand zu begegnen. Sie holte Frau Bergmanns Schlüssel hervor, stieg aus und ging entschlossen auf das Apartment zu. Jan folgte ihr.

»Nina!«

Das Siegel an der Tür war beschädigt.

Nina und Jan sahen sich fragend an. Nina steckte den Schlüssel ins Schloss. Jan legte seine Hand auf ihren Unterarm, um sie zurückzuhalten. Nina sah ihm fest in die Augen. Schließlich nickte er. Nina öffnete leise die Tür.

Ein Mann stand im Wohnzimmer und fuhr herum.

»Was wollen Sie hier?«

Nina hatte darauf keine Antwort.

»Dasselbe könnten wir Sie fragen«, sagte Jan und griff zum Handy. »Die Wohnung war versiegelt. Ich werde jetzt die Polizei rufen.«

Der Mann kam auf ihn zu und streckte ihm die Hand entgegen. »Nein, warten Sie! Ich bin der Sohn von Frau Bergmann! Alexander Bergmann.«

Nina sah mit Verblüffung, dass Jan diese Hand drückte.

»Jan Andresen«, stellte Jan sich vor. »Rechtsanwalt. Und das ist meine Kollegin, Frau Wagner. Ich muss Ihnen sagen, dass auch

Sie nicht in diese Wohnung dürfen, bis sie freigegeben wird. Sie ist ein Tatort.«

Alexander Bergmann sah sich um. Er hatte sämtliche Schubladen und Schranktüren geöffnet. Auf dem Boden und den Tischen lagen Unterlagen verteilt.

»Ich bin der Sohn, der einzige. Ich werde das wohl dürfen.«

»Nein!«, sagte Nina. »Das dürfen Sie nicht! Wenn die Polizei noch nicht alle Spuren gesichert hat und noch mal kommt, um Fingerabdrücke zu nehmen, wird sie jetzt auch Ihre finden. Und diese Verwüstung hier. Das macht Sie verdächtig.«

Alexander Bergmann strich sich durch das dichte grau melierte Haar und fixierte Nina. »Mich! So ein Quatsch! Ich bin der Sohn, das hier gehört ab jetzt sowieso alles mir. Wenn ich endlich dieses verdammte Testament gefunden habe, werde ich es Ihnen beweisen.«

»Das Testament liegt bei mir«, sagte Jan.

»Was?«, entfuhr es Alexander Bergmann. Nina konnte ihr Erstaunen darüber gerade noch so unterdrücken.

»Das Testament liegt bei mir, in meiner Kanzlei. Und auch die Verfügung, dass es erst eröffnet werden darf, wenn die Seebestattung stattgefunden hat. Die Benachrichtigung ist heute an Sie rausgegangen, per Post«, fügte Jan hinzu.

Alexander Bergmann ließ sich auf einen der Stühle am Esstisch sinken. »Seebestattung? Davon war nie die Rede! Weshalb will sie denn nicht neben meinem Vater liegen, in Hamburg auf dem Ohlsdorfer Friedhof?«

Darauf wiederum hatte Jan keine Antwort.

»Seebestattung, weshalb tut sie das? Wie lange dauert es denn bis zur Seebestattung?«, fragte Alexander Bergmann.

Jan reichte ihm seine Visitenkarte und wählte erste Ziffern auf seinem Handy.

»Ich muss Sie jetzt bitten, die Wohnung zu verlassen. Ich rufe die Polizei, damit die sie neu versiegeln kann. Sie können mich anrufen, wenn etwas sein sollte. Ich habe Ihre Mutter vertreten, was das Testament betrifft. Wenn es Ärger geben sollte, weil Sie hier eingedrungen sind, könnte ich auch Sie rechtlich vertreten.«

Jan telefonierte, ohne Alexander Bergmanns Eindringen gegenüber der Polizei zu erwähnen. Die Polizei kündigte an, in einer Stunde vor Ort zu sein. Er müsse nicht warten. Jan irritierte, dass es der Polizei nicht dringlich vorkam, die Wohnung sofort zu kontrollieren und zu versiegeln.

Alexander Bergmann gab ihm seine Karte. »Rufen Sie mich bitte auch an, wenn meine Mutter zur Bestattung freigegeben wurde.«

Jan nickte und steckte die Karte, ohne sie anzusehen, in seine Jackentasche.

Alexander Bergmann gab Nina ebenfalls eine Karte.

»Weshalb sind Sie eigentlich hergekommen?«, fragte er.

Nina und Jan sahen sich an.

»Um nach dem Rechten zu sehen. Dabei haben wir bemerkt, dass das Siegel beschädigt ist. Der Täter kehrt immer noch mal an den Tatort zurück, das wissen Sie ja vielleicht«, antwortete Jan. Nina war überrascht über die Ironie in seiner Ausrede.

Alexander Bergmann ging darauf nicht ein. Er sah sich um. »Komisch. Das ist jetzt also ein Tatort.«

Nina nickte und wandte sich Jan zu.

»Ich helfe Herrn Bergmann, hier noch schnell ein bisschen aufzuräumen, bevor die Kripo kommt. Geh du ruhig schon zurück ins Büro.«

Jan sah Nina in die Augen. »Okay. Wir sehen uns dann später.«

Es klang wie eine Frage, und Nina bejahte sie.

»Ich möchte nicht versäumen, Ihnen mein Beileid auszusprechen«, sagte Nina, als Jan die Wohnung verlassen hatte. Sie streckte Alexander Bergmann die Hand entgegen. Er nahm sie und bedankte sich.

Auf den zweiten Blick war er sehr attraktiv, hatte etwas Jungenhaftes, das durch den maßgeschneiderten Anzug, die Krawatte und dadurch, dass er sehr müde wirkte, überdeckt wurde. Er sah sich im Raum um.

»Meine Mutter hat all die Jahre kaum etwas verändert.«

»Wann waren Sie das letzte Mal hier?«

»Ist schon eine Weile her. Als Kind oft. Ich hatte dann immer das Büdchen für mich, ein Stockwerk tiefer, zum Schlafen und so weiter. Das war schön. In fast allen Ferien war ich hier. Aber dann hörte es irgendwann auf, wie das so ist – man beginnt sein eigenes Leben zu leben. Sie hier. Ich da. Mit meiner eigenen Familie. Weihnachten haben wir uns manchmal gesehen oder zu Geburtstagen. Ich dachte, sie wäre glücklich hier.«

Nina nickte und begann, die verstreuten Papiere einzusammeln. Alexander Bergmann tat es ihr nach.

»Ich werde die Wohnung wohl verkaufen, so wie sie ist, möbliert.«

Nina dachte plötzlich an die schicken Kleidungsstücke im Schrank und an die Comtesse-Taschen. Im nächsten Moment war ihr die Vorstellung unangenehm, die Klamotten einer toten Frau, einer getöteten Frau, zu tragen.

Sie legte einen Stapel Papiere auf den Tisch. »Dann haben Sie keine Ahnung, mit wem Ihre Mutter in der letzten Zeit Kontakt hatte, wer ihr das angetan haben könnte?«

Alexander Bergmann hielt inne. »Das hat mich die Polizei auch schon gefragt. Ich weiß es ehrlich nicht. Wir hatten nicht mehr so oft Kontakt. Ich meine, das kommt doch in den besten Familien vor, dass man nicht mehr so viel Kontakt hat.« Er sah Nina mit einem Blick an, in dem die Hoffnung lag, dass sie dies bestätigte.

Nina fiel ihre Mutter ein. Vielleicht wäre es besser, mit ihr kaum noch Kontakt zu haben.

»Irgendwann ist es so, dass man fast nur noch telefoniert«, fuhr Alexander Bergmann fort. »›Wie geht es dir? Wie ist das Wetter?‹ Und am Ende sagt man: ›Schön, dass wir mal wieder miteinander gesprochen haben.‹ Und dann legt man auf. Bis zum nächsten Mal. Man weiß kaum noch etwas über den anderen. Und eigentlich interessiert es einen auch nicht.«

»Wann haben Sie denn Ihre Mutter zum letzten Mal gesehen?«, fragte Nina.

»Vor ein paar Monaten.«

»Und da war alles in Ordnung?«

»Ja.«

Alexander Bergmann verstaute die Unterlagen wieder im Schrank. »Dann werde ich mich jetzt mal um die Beerdigung kümmern. Besser gesagt, um die Seebestattung. Meine Mutter war schon immer für eine Überraschung gut.«

»Vielleicht wollte sie das, weil sie einen so starken Bezug zu Travemünde hat. Zum Meer«, sagte Nina.

In Alexander Bergmanns Augen sammelte sich Wasser.

»Vielleicht. Aber mein Vater liegt in Hamburg auf dem Friedhof, und ich lebe dort. Wo soll ich denn hingehen, wenn es kein Grab gibt?«

Nina verspürte den Impuls, dem Mann die Hand auf den Arm zu legen, doch sie unterließ es. »Dann fahren Sie hierher ans Meer und schauen zu ihr übers Wasser.«

Alexander Bergmann sah sie verständnislos an. »Ich werde das alles hier verkaufen. In der Wohnung meiner Mutter Urlaub zu machen, das ist nichts für meine Frau.«

»Sie könnten die Wohnung renovieren und neu einrichten.«

Alexander Bergmann schüttelte den Kopf. »Ich habe kaum Zeit, wegen der Firma. Ich gebe die Wohnungen, wie sie sind, einem Makler. Der wird ein gutes Geschäft machen, so wie die Preise in Travemünde gestiegen sind. Sobald das Testament eröffnet ist, verkaufe ich das alles hier. Hoffentlich hat sich meine Mutter im Testament nicht noch eine Überraschung einfallen lassen. Was meinen Sie, wie lange es dauert, bis wir uns in Ihrem Büro mit Ihrem Chef treffen können?«

Nina sah auf die Uhr. »Das müssten Sie ihn fragen. Ich muss jetzt los, ins Büro. Sie sollten die Wohnung mit mir verlassen, die Kripo wird gleich kommen und neu versiegeln.«

Alexander Bergmann raffte seine Sachen zusammen.

»Sie werden mir sicherlich sagen können, ob meine Mutter in den letzten Monaten ihr Testament geändert hat?«

In Nina stieg Ärger auf, dass Jan ihr gegenüber nicht erwähnt hatte, dass er Frau Bergmann vertrat.

»Ich kann Ihnen leider dazu nichts sagen. Anwaltliche Schweigepflicht.«

»Also hat sie es geändert. Das zum Thema ›einziger Sohn‹«, meinte Alexander Bergmann sarkastisch.

Nina schloss die Balkontür.

Alexander Bergmann sah sich um, als wäre er das letzte Mal hier. »Wissen Sie, was komisch ist? Meine Mutter hatte hier immer Bargeld herumliegen. Und ihren Schmuck. Nichts mehr da.«

Nina dachte an die volle Comtesse-Tasche.

»Jemand hat ihr alles genommen. Jemand, den sie kannte. Ein Fremder war das nicht, er wäre ja niemals ins Haus gekommen, vorbei am Pförtner. Außerdem war die Tür nicht aufgebrochen. Meine Mutter kannte ihn und hat ihn reingelassen. Und dann hat er sie … Und dann hat er alles mitgenommen, auch noch das Letzte. Nach dem sollten Sie suchen!«

»Das macht die Polizei.«

»Die Polizei! Die Polizei macht nichts, außer mich zu befragen!«

Wenn du wüsstest, dachte Nina und hatte plötzlich wieder das Gefühl, dass sich vor ihren Augen alles verdunkelte. Diesen Moment lang, in dem Frau Bergmann fiel – vor ihren Augen in die Tiefe. Auf das Vordach des Maritim.

Alexander Bergmann kam dicht auf sie zu. »Ich könnte Sie doch beauftragen, nach dem zu suchen, der meine Mutter vom Balkon gestoßen hat!«

Nina roch sein Aftershave, Bvlgari Man.

»Ich bezahle Sie dafür«, fügte er hinzu.

»So etwas ist nicht mein Job.«

»Aber Sie arbeiten bei einem Rechtsanwalt, die beauftragen doch manchmal Privatdetektive.«

»Ich bin keine Privatdetektivin.«

»Aber Sie könnten Nachforschungen anstellen. Die Polizei macht es doch nicht!« Alexander Bergmann lachte auf. »Am Ende denkt die Kripo noch, ich war's, der meine Mutter …«

Nina sah Alexander Bergmann an. Und, warst du es?, dachte sie und sagte: »Das glaube ich nicht.«

»Dass die Polizei das über mich denken könnte? Oder dass ich es war? Was glauben Sie nicht?«

»Dass die Polizei alles Mögliche vermuten wird, glaube ich. Aber dass Sie es waren, das nicht.«

»Sehen Sie! Aber wer war es dann? Wenn wir das nicht herausfinden, dann bleibe ich übrig als derjenige, der ein Motiv hat. Wegen der Erbschaft.«

Nina wusste, dass manche alten Leute ihr Vermögen zum Beispiel an Tierschutzvereine oder ihre Ärzte vermachten, weil ihnen diese näherstanden als die eigenen Kinder. Sie beschloss, Jan später zur Rede zur stellen. Außerdem wollte sie unbedingt wissen, zu wessen Gunsten das Testament ausfiel.

»Sie müssen sich sicherlich keine Sorgen machen. Und als einziger Sohn Alleinerbe zu sein, das macht Sie nicht automatisch verdächtig.«

»Vielleicht hat es mir ja zu lange gedauert, bis ich an mein Erbe komme?«

Nina sah den Mann an und fragte sich, was diese Spitzfindigkeiten sollten. Worauf wollte er eigentlich hinaus?

Sie mochte ihn. Vielleicht nur deshalb, weil er seit Frau Bergmanns Tod der Einzige war, der sie nicht mit dem Tod seiner Mutter in Verbindung brachte. Wie würde er wohl reagieren, wenn er wüsste, dass sie in letzter Zeit die Putzfrau seiner Mutter gewesen war? Wie, wenn er von der Tasche voller Geld erführe, die nicht mehr da war und von der offenbar nur Nina wusste? Und wie, wenn er erführe, dass Nina von der Polizei verdächtigt wurde?

Sie trat auf den Flur.

»Rechtsanwalt Andresen wird Sie sofort anrufen, wenn Ihre Mutter zur Bestattung freigegeben wird.«

Alexander Bergmann zog die Tür hinter sich zu.

»Und wenn das Testament eröffnet wird.«

Nina fuhr mit Alexander Bergmann hinunter. »Überlegen Sie es sich«, sagte er. »Ich biete Ihnen fünfhundert Euro pro Tag dafür, dass Sie und Ihr Chef herausfinden, wer es war, der meine Mutter …«

Nina nickte eilig, er sollte nicht noch einmal wiederholen, was geschehen war.

»Heißt das ›ja‹?«, fragte er, als sie ausstiegen.

»Ich überlege es mir«, sagte Nina.

»Wenn Sie es nicht machen, beauftrage ich jemand anderen.

Das hätte ich längst machen sollen, schon als meine Mutter noch lebte, kam es mir so vor, als wäre jemand hinter ihr her.«

»Wer?«, fragte Nina überrascht.

»Keine Ahnung. Meine Mutter war eigenartig in der letzten Zeit. Vielleicht gab es irgendeinen Mann in ihrem Leben.«

»Haben Sie das der Polizei gesagt?«

Alexander Bergmann schüttelte den Kopf.

In diesem Moment öffnete sich die Glastür zum Maritim, und das Ehepaar Wrode kam auf sie zu.

Nina drückte Alexander Bergmann eilig die Hand. »Ich habe Ihre Karte, ich melde mich! Mir ist gerade eingefallen, dass ich einer Bekannten im siebzehnten Stockwerk noch etwas ausrichten soll.«

Nina verschwand in der noch offenen Fahrstuhltür und drückte eilig auf »schließen«, bevor Wrodes dazusteigen konnten.

***

Romy ging in der Vorderreihe vorbei am Kaufhaus Matzen. Immer wieder sah sie sich um, weil sie das Gefühl hatte, ihre Mutter wäre dicht hinter ihr.

Plötzlich stieg in ihr die Befürchtung auf, dass ihre Mutter die Verabredung nicht einhalten werde. Romy überlegte, was sie dann tun würde. Doch diese Gedanken machten sie wütend. Sie wechselte vom immer schmaler werdenden Gehweg auf die Straße, auf der um diese Zeit keine Autos mehr fahren durften. Sie hatte ihr Ziel viel früher als verabredet erreicht. Trotzdem hielt sie Ausschau nach ihrer Mutter im Café Niederegger.

Es war an diesem Morgen voll besetzt. Viele ältere Paare, auffällig häufig in Beige gekleidet, frühstückten hier. Elisabeth Bergmann war nicht da. Romy wollte im Innenraum des Cafés nachsehen, unterließ es und suchte sich eine Position an der Prinzenbrücke, von der aus sie beobachten konnte, ob ihre Mutter eintraf.

Ein großes russisches Segelschulschiff fuhr nur wenige Meter entfernt die enge Trave entlang in den Hafen ein. An den Stegen begannen die kleinen Boote auf den aufkommenden Wellen zu dümpeln. Eine Grup-

pe brauner Wildenten kam über die Wiese der Uferböschung auf Romy zugewatschelt. Unter ihnen eine einzige weiße Ente mit orangefarbenem Schnabel und orangefarbenen Füßen. Dicht vor Romys Füßen machten die Enten halt. Romy verließ ihren Platz und wechselte auf die andere Straßenseite. Dann sah sie ihre Mutter kommen, erneut sehr elegant gekleidet. Elisabeth Bergmann ging auf das Café zu, sah sich suchend um und wählte einen Tisch, der abseits des Hauptbetriebes aufgestellt worden war. Sie setzte sich, langte nach der Karte, legte sie gleich darauf wieder weg und sah auf die Uhr. Den Gruß eines älteren Mannes, der vorbeiging, erwiderte sie reserviert. Danach holte sie aus ihrer Tasche eine Sonnenbrille und setzte sie auf. Sie rückte ihren Stuhl so hin, dass sie mit dem Rücken zum Gehweg saß, auf dem zunehmend mehr Leute an den Schaufenstern der Geschäfte entlangflanierten.

Romy trat die Zigarette aus und ging an den Tisch ihrer Mutter.

Mit einem »Hallo« zog sie einen der Stühle nach hinten und setzte sich.

Ihre Mutter sah sie durch die Brille an. »Wir hätten uns lieber woanders treffen sollen.«

»Möchtest du woanders hingehen?«, fragte Romy eilig.

»Nein, es war ja meine Idee. Ich hatte nur keine Ahnung, dass um diese Zeit schon so viele Leute unterwegs sind. Wir sitzen zufällig zusammen und unterhalten uns. Es wird niemand darauf kommen, wer du bist.«

Romy nahm die Karte.

»Such dir etwas aus, ich lade dich ein«, sagte ihre Mutter.

Romy legte die Karte weg.

»Du brauchst mich nicht einzuladen.«

Der Kellner kam und stellte sich mit fragendem Blick an den Tisch.

»Einen Kaffee bitte«, sagte Romy.

Elisabeth Bergmann bestellte grünen Tee. Die beiden Frauen saßen schweigend da und sahen in verschiedene Richtungen. Irgendwo auf der Promenade begann ein Männerchor russische Lieder zu singen. Die Getränke kamen in Kännchen. Romy nippte an ihrem viel zu heißen Kaffee. Elisabeth Bergmann nahm vom braunen Zucker und rührte lange in ihrer Tasse. Das Geräusch machte Romy noch nervöser. Ihre Mutter trank einen Schluck, setzte die Tasse ab und sah sie an.

»Weißt du, was verrückt ist?«

Romy schüttelte den Kopf.

»Du siehst ihr sogar ein bisschen ähnlich.«

»Wem?«

»Romy!«

Romy verstand nicht. Die Mutter stellte die Tasse ab und sagte, als wäre Romy dumm: »Romy Schneider!«

Romy war noch nie auf die Idee gekommen, dass zwischen ihr und Romy Schneider eine Ähnlichkeit bestehen könnte.

Elisabeth Bergmann fixierte sie. »Ach, ich fand die so toll. Eine so schöne Frau. Als Sissi, unglaublich.«

»Deshalb hast du mich so genannt?«, fragte Romy.

Ihre Mutter zog die Schultern hoch, nahm die Tasse und trank mit abgespreiztem Finger einen weiteren Schluck.

»Und dich hast du auch Romy genannt, wegen Romy Schneider«, fügte Romy hinzu.

Elisabeth Bergmann zuckte zusammen, und etwas Tee landete auf ihrem weißen Rock. Sie stellte die Tasse ab und strich über den nassen Fleck.

»Das hast du also auch rausbekommen?«

Romy steckte sich eine Zigarette an. »Ich möchte eigentlich nur wissen, weshalb du mich nicht behalten hast.«

Bis heute Morgen hatte sie ihrer Mutter noch vorwerfen wollen, dass sie sie ins Heim abgeschoben hatte. Und jetzt? Tat ihr diese fremde Frau, die ihre Mutter war, etwa leid?

Elisabeth Bergmann sah angewidert zu, wie Romy den Rauch der Zigarette inhalierte.

»So viele Jahre später. Wozu?«

»Weil du mir das schuldig bist!«

»Das war doch eine ganz andere Zeit. Es war das Beste so. Für alle«, sagte Elisabeth Bergmann.

»Für dich vielleicht. Für mich nicht!«

»Dafür kann ich nichts. Sie haben mir damals versprochen, dass es dir gut gehen wird, da in diesem Heim.«

»Aber du hast nie kontrolliert, ob sie ihr Versprechen hielten.«

»Das habe ich für dich getan. Damit du mich gar nicht erst kennenlernst. Dich nicht an mich erinnerst. Deshalb bin ich auch nicht zu Be-

such gekommen. Du warst doch noch so klein damals. So wäre es das Einfachste für dich, war ich mir sicher.«

Romy lachte auf. »Du meinst, das Einfachste für dich!«

Ihre Mutter sah an ihr vorbei.

Romy steckte sich eine weitere Zigarette an. »Das ist schon toll, wie du das hinbekommen hast! Aus den Augen, aus dem Sinn. Bis heute.«

Elisabeth Bergmann wedelte mit der Hand den Qualm weg, den Romy gedankenlos in ihre Richtung geblasen hatte. Sie holte aus der Handtasche ihr Portemonnaie hervor und winkte den Kellner heran.

»Belassen wir es dabei.«

Romy holte ebenfalls ihr Portemonnaie hervor.

»Ich würde schon gern noch wissen, wer mein Vater ist!«

»Ach Gott«, sagte Elisabeth Bergmann, und in ihrer Stimme war wieder dieses Abschätzige.

»Dein Mann? Anton Bergmann?«, fragte Romy.

»Wie kommst du denn darauf? Mein Anton doch nicht! Ich weiß es nicht. Wirklich nicht.«

»Was soll ich denn damit anfangen? Ich weiß nicht, wer mein Vater ist. Ich weiß nicht, wer du bist! Ich weiß nicht, woher ich komme. Du musst es mir sagen!«

Der Kellner kam und nahm den Hundert-Euro-Schein, den ihm Elisabeth Bergmann hinhielt. Er hatte an diesem Morgen wohl schon viele Gäste im Café abkassiert, sein Portemonnaie war voller großer und kleiner Scheine. Elisabeth Bergmann bot ihm ein üppiges Trinkgeld an. Als der Kellner weg war, lehnte sie sich zu ihrer Tochter hinüber und nahm die Sonnenbrille ab.

»Ich muss gar nichts! Wir gehen jetzt auseinander und gut. Du lebst dein Leben weiter. Ich lebe mein Leben weiter.«

Romy kamen die Tränen. Elisabeth Bergmann setzte sich die Sonnenbrille wieder auf.

»Du bist mir etwas schuldig!«, beharrte Romy.

Ihre Mutter stand auf. »Ich bin dir gar nichts schuldig! Ich hatte damals die Chance, ein neues Leben zu beginnen, eines, das besser zu mir passt. Das *war ich mir schuldig. Jeder ist seines Glückes Schmied. Ich werde jetzt gehen. Und du, fahr wieder nach Hause.«*

Romy griff nach dem Handgelenk ihrer Mutter. Elisabeth Bergmann machte sich los und wischte die Hand am Rock ab.

»Wenn ein kalter Wind zum Fenster reinweht, gibt es zwei Möglichkeiten: Entweder man fragt sich, woher der Wind kommt, oder man macht das Fenster zu. Hat mal jemand gesagt. Ich mache das Fenster zu.« Elisabeth Bergmann nahm ihre Tasche, schob die dunkle Brille noch einmal hoch und sah Romy an. »Schon verrückt, dass du ihr ähnlich siehst. Wie sehr habe ich mir damals gewünscht, ein bisschen mehr so auszusehen wie Romy Schneider.«

Sie setzte die Brille zurück über die Augen und ging. Romy blieb sitzen, auch noch, als sie ihre Mutter längst aus den Augen verloren hatte.

***

Nina drückte die dreißigste Etage und holte aus ihrer Tasche die Schlüssel für Frau Bergmanns Wohnung. Nachdem sie überprüft hatte, dass niemand auf dem Flur war, ging sie eilig auf die Wohnung zu, schloss auf und verschwand darin. Sie hatte noch etwa zwanzig Minuten Zeit. Zuerst nahm sie sich den Stapel Unterlagen vor, den Alexander Bergmann vorhin herausgesucht hatte. Nichts weiter als Rechnungsbelege von Einkäufen, das letzte Protokoll der Eigentümerversammlung der Maritim-Residenz oder Stromabrechnungen. Auch das Schreiben eines Maklers, der gern die Wohnung verkaufen würde, wenn sie eines Tages zum Verkauf stünde.

Hatte Frau Bergmann überlegt zu verkaufen? Wollte sie irgendwo anders ein neues Leben beginnen? Mit jemand anderem? Nina ärgerte sich erneut, dass sie der alten Dame nicht besser zugehört hatte.

Sie nahm sich systematisch jeden Raum vor. Im Schlafzimmer sah sie in den Nachtschränken nach, in jedem Fach im Kleiderschrank, in jeder Handtasche, die auf dem Boden des Schrankes stand. Nichts. Alles auffällig leer, nirgendwo Bargeld, kein Stück Schmuck. Nina hob die Matratze an. Nichts. Sie hob die Brücke hoch, die auf dem Teppichboden lag. Nichts außer Staub. Nina begann zu husten. Ihr Handy vibrierte. Jan, sie drückte seinen Anruf weg.

Zurück in der Küche, zog sie sich eilig einen Stuhl an die

Küchenzeile, stieg hinauf und sah hinter dem Geschirr nach, hinter den Lebensmitteln. Nichts. Wonach suchte sie?

Im Wohnzimmer sah sie hinter jedes gerahmte Bild auf der Anrichte. Sie nahm die Gemälde von den Wänden, denn alte Leute versteckten angeblich gern etwas auf der Rückseite von Bildern. Doch auch dort war nichts. Sie klappte die Enden der alten Brücken im Wohnzimmer hoch. Nichts.

Im Badezimmer benötigte Nina weniger als eine Minute, bis sie alles durchgesehen hatte.

Die Polizei sollte Nina einfach in Ruhe lassen.

Frau Bergmann war vielleicht tatsächlich gesprungen, hatte aber einfach nicht die Kraft gehabt, sich wie andere Selbstmörder abzustoßen, und war deshalb so nah ans Haus gefallen.

Am besten wäre, sie könnte der Kripo sagen, was Alexander Bergmann vermutete. Dass ein Mann hinter Elisabeth Bergmann her gewesen ist und sie sich deshalb eigentümlich verhalten hat. Dieser Mann hatte vermutlich auch das Geld, das in der Tasche gewesen war. Und den Schmuck, der hier überall herumgelegen hatte.

Doch wenn Nina der Polizei davon erzählte, würden die sicherlich glauben, sie hätte diesen mysteriösen Unbekannten erfunden. Um von sich abzulenken. Nina hatte den Zeitpunkt längst verpasst, der richtig gewesen wäre, um über das viele Bargeld in Frau Bergmanns Wohnung zu reden.

Wenn es außer ihrem Sohn jemanden in Frau Bergmanns Leben gegeben hatte, dann musste sie mit ihm kommuniziert haben. Aber wie? Nina sah auf das Telefontischchen. Das kleine Büchlein, in dem Frau Bergmann ihre Nummern notiert und das Nina beim Staubwischen jedes Mal hochgehoben hatte, lag nicht mehr dort.

Nina nahm den Hörer ab. Sie drückte auf die Wahlwiederholungstaste. Es klingelte.

»Schöne«, sagte ein Mann am anderen Ende.

Nina hielt den Atem an.

»Hallo!«, sagte dieser Schöne. »Wer ist da?«

Nina sah die Nummer auf dem kleinen Display des alten Telefons. Sie musste sie abschreiben, doch sie kam mit der kurzen

Schnur nicht an einen Stift heran. Sie legte auf, rannte ins Wohnzimmer, nahm einen alten Briefumschlag und einen Stift.

Zittrig drückte sie noch einmal die Wiederholungstaste. Wieder erschien die Handynummer. Der Mann am anderen Ende drückte den Anruf sofort weg. Nina steckte den Zettel mit der Telefonnummer ein. Sie musste schleunigst die Wohnung verlassen! Später würde sie noch einmal von einer Telefonzelle aus die Nummer anrufen. Bis dahin würde ihr etwas einfallen, wie sie den Fremden in ein Gespräch verwickeln und über sein Verhältnis zu Frau Bergmann befragen konnte. Verhältnis? Vielleicht war dieser Herr Schöne nur der Getränkehändler, der der alten Dame regelmäßig Wasserkisten gebracht hatte, oder ihr Masseur. Irgendetwas sagte Nina, dass es nicht so war. Sie würde den Namen im Online-Adressregister von Travemünde eingeben. Mal sehen, wie viele Schönes es gab.

Sie ging zur Tür und sah durch den Spion. Auf dem Flur kein Mensch. Plötzlich fiel es ihr ein. Vielleicht hatte Frau Bergmann eine Nachricht, eine Telefonnummer, irgendetwas Geheimnisvolles unter ein Möbelstück geklebt. Nina sah unter dem Tisch nach. Nichts. Unter den Stühlen, hinter der Kommode, nichts. Sie rückte die wenigen Bücher ab, in der Hoffnung, dass sich dahinter etwas verbarg. Zwischen verschiedenen Ausgaben des Reader's Digest befand sich eine alte Ausgabe von »Lady Chatterley«. Nina hatte irgendwann in den letzten Jahren den Film gesehen und wusste, dass das Buch in den fünfziger Jahren für einen Skandal gesorgt hatte. Sie blätterte es durch. Das Papier war gelb und rau, Seiten lösten sich aus dem geklebten Rücken. In der Mitte steckte ein Briefumschlag. Es lagen mehrere zusammengefaltete Seiten darin. Datiert vor einigen Wochen.

Nina las und begriff. Frau Bergmann hatte nicht nur einen Sohn. Sondern auch eine Tochter.

***

Alexander Bergmann saß immer noch in seinem Mercedes, den er auf dem Parkplatz vor der Maritim-Residenz geparkt hatte.

Er startete erneut den Motor und sah noch einmal durch die Frontscheibe zur Wohnung seiner Mutter hinauf. Er schaltete den Motor wieder aus, lehnte sich im Sitz zurück und hatte plötzlich das Gefühl, dass etwas Unheilvolles auf ihn zukommen werde. Dass die schreckliche Geschichte noch nicht vorbei war, sondern nun vielleicht erst richtig begann.

Alexander stieg aus, schloss das Auto ab und machte sich auf in Richtung Mole. Der Wind zerrte an seinem Jackett. Alexander Bergmann bemerkte, dass ihm der Kiefer von der ständigen Anspannung wehtat. Er verspürte das Bedürfnis, mal wieder richtig tief ein- und auszuatmen, blieb stehen und tat es. Am Strandspielplatz tobten ein paar kleine Kinder. Alexander Bergmann setzte sich auf eine Bank auf der Mole. Er sollte längst zurück in Hamburg sein, zurück in der Firma, zurück bei seiner Frau. Niemand wusste, dass er hier war. Wie es auch die vorherigen Male niemand gewusst hatte. Manchmal hatte er nur in der Nähe seiner Mutter sein wollen, in der Nähe seiner Kindheit. Dann war er am Meer spazieren gegangen, immer Ausschau haltend, dass er seine Mutter nicht zufällig traf, und hatte sich, bevor er nach Hamburg zurückfuhr, eine kleine Muschel oder einen Stein vom Strand in die Tasche seines Jacketts gesteckt, wie zum Beweis vor sich selbst, dass er hier gewesen war.

Manchmal war er auch mit dem Segelboot hinausgefahren, das jeden Sommer im Jachthafen lag. Seit Alexanders Vater tot war, wurde es kaum noch bewegt. Seine Mutter konnte nicht allein segeln. Alexanders Frau bestieg kein Boot, weil sie sofort seekrank wurde. Alexanders Tochter hatte schon lange kein Interesse mehr daran, mit ihrem Vater zu segeln. Das Boot kostete Monat für Monat Liegegebühren und wurde von einem kleinen Bootsbauer jährlich gewartet. Das war eines der Reizthemen zwischen Alexander und seiner Mutter gewesen, als Alexander sie das letzte Mal besucht hatte. Sie wollte das Boot nicht nur behalten, sondern sagte mit einer Herablassung in der Stimme, die er an ihr nicht kannte, sie habe damit etwas vor. Was, ginge ihn nichts an.

Er hielt das Gesicht in die Sonne. Eine Wolke schob sich davor. Dieses letzte Treffen würde Alexander niemals vergessen.

Sein Handy klingelte. Dieser junge Anwalt, der ihn vorhin in der Wohnung seiner Mutter überrascht hatte, teilte ihm mit, dass die Leiche seiner Mutter von der Rechtsmedizin zur Bestattung freigegeben werde und dass die Polizei den Fall jetzt zu den Akten lege, weil sie nun doch von Suizid ausging. Deshalb war es denen also nicht wichtig erschienen, sofort wegen des beschädigten Siegels an der Wohnungstür vorbeizukommen. Alexander bedankte sich für den Anruf.

Eine Gruppe fröhlicher Spaziergänger ging an ihm vorbei bis ans Ende der Mole. Alexander Bergmann sah ihnen nach und fühlte sich plötzlich allein. Er hatte sich oft die Erleichterung vorgestellt, die er spüren würde, wenn er sein Erbe antreten könnte. Doch nun empfand er nichts.

SECHS

Das Zimmer lag im Anbau eines Einfamilienhauses aus den sechziger Jahren und war möbliert. Die Möbel waren so braun wie der Teppich und vermutlich die ehemalige Einrichtung der Vermieter gewesen, bis sie sich eine neue für ihr Eigenheim gegönnt hatten. Bei der Besichtigung roch der Raum muffig, als hätte ihn lange niemand bewohnt. Auch die Fliesen im Badezimmer waren braun, in den Fugen schwarze Stockflecken. In der Kochnische roch es nach ranziger Butter. Dafür war die Miete sehr günstig. Romy gab vor, länger bleiben zu wollen, weil sie überlege, sich in Ruhe an der Ostsee ein neues Zuhause aufzubauen. Die Vermieter, ein älteres Ehepaar, fragten nicht weiter nach, und Romy merkte ihnen die Freude darüber an, dass jemand nach so langer Zeit ihr Feriendomizil mieten wollte. Sogar eine junge Frau aus Berlin zog bei ihnen ein, also lag es doch nicht an ihrem Anbau, dass ihn kaum noch jemand mietete oder während des Aufenthalts nicht zufrieden mit der Ausstattung gewesen war.

Im Gegensatz zu Travemünde mutete Niendorf eher wie ein Dorf an. Ein Dorf mit kleinem Fischereihafen, das kaum etwas Mondänes bot. Romy war sich sicher, dass ihre Mutter sich nicht hierher verirren würde.

Sie durfte den Garten ihrer Vermieter mitbenutzen, das Stückchen Wiese, auf dem an »ihrem« Anbau separate Gartenmöbel mit braun geblümten, stockfleckigen Sitzauflagen standen. Romy nahm einen alten Blumentopf, der an der Hausmauer lag, und stellte ihn als Aschenbecher auf den Tisch. Sie schrubbte die Wohnung mit Putzmitteln, die sie im Edeka an der Hauptstraße gekauft hatte, und packte ihre wenigen Sachen aus, die sie aus Berlin mitgebracht hatte.

Romy wusste noch nicht, wie lange das Ganze hier dauern würde. Sie hoffte, nicht allzu lange. Zur Not müsste sie in Niendorf in einer Kneipe jobben, in die sich ihre Mutter ebenfalls nicht verirren würde. Sie hatte noch keinen richtigen Plan, wie sie weiter vorgehen sollte, doch so wie neulich würde sie sich keinesfalls noch einmal zurückweisen lassen.

»Wenn es da etwas gibt, das Sie angehen sollten, dann sollten Sie es

angehen«, hatte ihr der Arzt nach ihrem Schlaganfall gesagt. Romy würde es angehen.

Noch am Tag ihres Einzuges in Niendorf schrieb sie einen Brief an ihre Mutter, in dem sie sich für das erste Treffen bedankte und um ein weiteres bat. Danach wartete sie auf den Anruf ihrer Mutter. Er kam nicht.

Wie von einer unsichtbaren Kraft getrieben, lief Romy immer wieder die fünf Kilometer am Brodtener Ufer entlang nach Travemünde, um in der Nähe des Maritim heimlich nach ihrer Mutter Ausschau zu halten. Sie beobachtete sie mehrmals, wie sie im Pool in einem blauen Badeanzug und Rüschenbadekappe schwamm. Romy sah ihre Mutter, wie sie sich vom Pförtner der Residenz eine Zeitung und eine kleine Brötchentüte aushändigen ließ. Romy beobachtete ihre Mutter, als diese über die Brüstung ihres Balkons im dreißigsten Stockwerk in die Ferne sah. Dass sie dabei manchmal nicht allein war, das beobachtete Romy auch. Sie folgte ihrer Mutter, als sie ins Casino ging, in ihrer Nähe wieder der junge Mann, mit dem sie offenbar verabredet war.

Oft beschloss Romy, ihrer Mutter gegenüberzutreten und sie zu einem weiteren Gespräch zu zwingen. Sie tat es nicht. Eines Tages begann sie, auch dem jungen Mann zu folgen, der sich auffällig oft in der Nähe ihrer Mutter aufhielt. Wer war er? Elisabeth Bergmanns Sohn war er definitiv nicht. Für einen Enkel war er zu alt. War er Elisabeth Bergmanns Freund? Etwa ihr Liebhaber? Dafür war er viel zu jung.

Manchmal ging der Mann wie in Gedanken versunken in Richtung Hermannshöhe, trank dort etwas und blickte übers Meer. Nie bemerkte er Romy, die sich unweit von ihm niederließ.

Eines Abends entdeckte Romy ihn, wie er im Brügmanngarten während eines Konzertes eine Whiskey Cola nach der anderen trank. Von dem Tisch aus, an dem er stand, blickte er immer wieder zum Maritim hinauf, wo jedes zweite oder dritte Fenster erleuchtet war. Schließlich drehte er sich mit dem Rücken zu dem Hochhaus, so als wolle er es nicht mehr sehen. Als die Band gegen Mitternacht aufhörte zu spielen, drängten sich die Leute an der Karibik-Bar, um kurz vor Ausschankschluss noch Getränke zu ordern. Romy stellte sich wie zufällig an den Stehtisch des jungen Mannes. Er sah sie überrascht aus glasigen Augen an und schien im nächsten Moment über ihre Gesellschaft erfreut zu sein. Romy zog Cuba Libre durch ihren Strohhalm, ohne den Blick des

Mannes zu erwidern. Als ihr Glas leer war, bot er an, sie zu einem weiteren einzuladen. Romy zierte sich ein Weilchen, dann nahm sie die Einladung an. Der junge Mann wankte zum Tresen. Ziel erreicht, dachte Romy.

Sie sah zur wenige Meter entfernten Promenade. Dass ihre Mutter hier auftauchen könnte, beunruhigte sie, andererseits fand sie den Gedanken auch etwas aufregend. An der Bar rief die Tresenkraft »Last Order«. Der Mann, den Romy auf Anfang vierzig schätzte, kam mit einem Tablett voller durchsichtiger Plastikbecher zurück. »Last Order«, sagte er lächelnd und nahm einen kräftigen Schluck. Er reichte Romy die Hand: »Ich bin Pasquale.«

Dabei rutschte ihm sein bunter Schal von der Schulter und tauchte mit der Spitze in eines der Getränke. Pasquale zog ihn heraus, sog daran und lachte. Auch Romy lachte und stieß ihren Plastikbecher Cuba Libre gegen den mit Whiskey Cola von Pasquale. An einem anderen Stehtisch stand eine Gruppe Männer. Zwei von ihnen sahen immer wieder zu Romy her. Pasquale bemerkte das, und ihm schien zu gefallen, dass Romy ihn auserwählt hatte.

Ein Flaschensammler suchte die Wiese und die Müllbehälter nach Leergut ab. An seinem Fahrrad hatte er zwei große Lidl-Tüten hängen, die bereits voller Pfandflaschen waren. Pasquale gab dem Sammler die ersten leeren Becher, für die er jeweils einen Euro Pfand hinterlegt hatte. Der alte Mann war so verdutzt über diese Großzügigkeit, dass er vergaß, sich zu bedanken. Er lieferte die Becher ab und kam dann wieder an den Tisch, an dem Pasquale und Romy standen. Er schlug Pasquale auf die Schulter.

»Danke, Alter!«

»Ja, das war sehr nett von dir«, meinte Romy.

Pasquale machte eine abwehrende Geste, wobei er einen der noch vollen Becher umkippte. Romy fing den Becher auf, sodass wenigstens die Hälfte des Inhalts gerettet war.

Sie musste Pasquale nicht viel fragen, um ihn zum Reden zu bringen, denn er redete beinahe pausenlos. Manchmal lallte er dabei oder hatte Probleme, die richtigen Worte zu finden. Er erzählte, dass er im Maritim wohne, wobei er erst als er wirklich sehr betrunken war, erwähnte, dass er nur eine winzig kleine Wohnung habe, die kleinste überhaupt – sechzehn Quadratmeter inklusive Badezimmer. Er sei Schrift-

steller, habe mal einen Bestseller geschrieben, doch das sei lange her. Er nannte den Titel, als müsste Romy diesen kennen. Als er bemerkte, dass sie das Buch nicht kannte, nannte er seinen Namen – Pasquale Schöne. Als Romy auch diesen offenbar zum ersten Mal hörte, trank er eine Whiskey Cola auf ex und sagte: »Macht nichts.«

Romy bemerkte, dass er sie zunehmend anders ansah, dass er sie als Frau sah. Das gefiel ihr. Jüngere Männer hatten sie bisher nicht interessiert, aber das durfte jetzt keine Rolle spielen. Pasquale war hübsch. Typ großer Junge. In seiner Künstlerkleidung schien ein schöner Körper zu stecken. Was Romy allerdings irritierte, waren die schmalen Hände, denen man ansah, dass Pasquale kaum jemals körperlich gearbeitet hatte.

Sein Handy klingelte. Er legte unvermittelt einen Finger auf seine Lippen, sah auf das Display und drückte den Anruf weg. Danach trank er einen weiteren großen Schluck. Ein Rosenverkäufer kam zum wiederholten Male vorbei und hielt Pasquale einen vollen Strauß dunkelroter Rosen vors Gesicht. Pasquale zog aus der Innentasche seiner Jacke ein Bündel Scheine und kaufte, ohne um den Preis zu handeln, den ganzen Strauß. Der Rosenverkäufer steckte die einhundert Euro ein und faselte etwas davon, dass man einer so schönen Frau wie Romy unbedingt Rosen schenken müsse und Pasquale eine gute Wahl getroffen habe. Romy erwiderte das freche Grinsen des Mannes. Der verschwand eilig in seinen Feierabend.

»Recht hat er«, sagte Pasquale und hielt Romy den Strauß wie eine Trophäe entgegen.

Romy nahm den Strauß, aus dem bereits Blütenblätter abfielen, und wusste nicht, wohin damit. Ein junges Mädchen, das den Tresen reinigte, hatte die Szene offenbar beobachtet und brachte einen mit Wasser gefüllten Kübel. Pasquale steckte ihr zum Dank einen Zehn-Euro-Schein zu und sagte, dass sie noch mehr bekäme, wenn sie Romy und ihm noch Getränke brächte.

»Whiskey Cola und …« Er sah Romy fragend an.

Romy orderte Cuba Libre. Das Mädchen eilte bereitwillig zum Tresen. Romy ging ihr nach und änderte ihre Bestellung auf Cola um.

Pasquale Schöne bemerkte nicht, dass Romy im Gegensatz zu ihm aufhörte, Alkohol zu trinken.

Die Partyleuchten über dem Brügmanngarten wurden nach und

nach ausgeschaltet. Nur die gläsernen Windschutze der Bänke zwischen diesem Park und der Promenade leuchteten in schwachem Neonblau, die Laternen auf der Promenade in Gelb, und das Leuchtfeuer des Maritim, in dem jetzt nur noch wenige Fenster erleuchtet waren, blinkte in regelmäßigen Abständen hellrot über den Strand und das Meer.

Pasquale sah zum Maritim hinauf, und sein Ausdruck bekam etwas Gequältes. »Ich würde dich sehr gern noch zu mir auf einen Absacker einladen. Aber es geht gerade schlecht. Ich weiß nicht, wie ich das erklären soll.«

Romy berührte seinen Unterarm. »Du musst mir gar nichts erklären.«

Pasquale legte seine Hand auf die Stelle, wo Romys eben noch gelegen hatte. Romy strich zärtlich über die Blüten der Rosen.

Pasquale erzählte, dass er sofort gesehen hätte, dass sie etwas Besonderes sei, er sagte etwas über Anziehung und Schicksal. Romy nickte.

Die Feuchtigkeit dieser Nacht stieg aus der Wiese auf. Romy wurde kalt. Pasquale bot ihr seine Jacke an. Wäre jetzt Sommer gewesen, hätte sie ihm vorgeschlagen, noch mit ihr an den Strand zu gehen. Romy hätte ihn dort verführt, um all das von ihm zu erfahren, was sie interessierte.

»Wir können zu mir fahren. Ein bisschen was zu trinken habe ich auch noch da«, schlug sie stattdessen vor.

Pasquales Ausdruck erhellte sich sofort. Er trank den letzten Schluck aus dem letzten Plastikbecher. »Ich tue dir auch nichts«, sagte er, und es sollte wohl ein Scherz sein.

Romy hakte sich bei Pasquale ein, um ihm das Gefühl zu geben, dass er sie führte, während sie über die Wiese in Richtung Bahnhof gingen. Romys Absätze sackten immer wieder in den feuchten Boden ein, ihre Strümpfe waren längst nass. Pasquale torkelte.

Am Bahnhof stand ein einziges Taxi. Der Fahrer freute sich über die weite Tour nach Niendorf.

Pasquale saß zusammengesunken neben Romy auf der Rückbank. Der Fahrer schwieg, nachdem sie ihm ihre Adresse gesagt hatte.

Auf dem Weg durch den Garten zu ihrem Anbau ermahnte Romy Pasquale, leise zu sein, damit ihre Vermieter nicht aufwachten. Irgendwo bellte ein Hund.

Pasquale hängte seine Jacke an den Haken im Flur, seinen bunten

Schal behielt er um. Er drängte Romy unbeholfen gegen die Wand und versuchte sie zu küssen. Romy ließ es geschehen. Sie strich sich die Schuhe von den Füßen und führte ihn zum Sofa.

Sie schenkte Pasquale und sich Wein ein und hoffte, das würde Pasquale den Rest geben. Sie setzte sich neben ihn und stieß mit ihm an. Dann begann sie, ihn zu küssen und sich dabei langsam auszuziehen. Pasquale machte es ihr nach. So betrunken, wie er war, war er unbeholfen. Romy ging ihm zur Hand. Sie war es, die entschied, was sie tat und was er ab jetzt zu tun hatte. Jetzt in diesem Bett und später. Jetzt in diesem Bett machte Pasquale seine Sache schon mal ganz gut.

Nachdem Pasquale eingeschlafen war, stand Romy leise auf. Sie durchsuchte Pasquales Taschen, fand nicht viel außer Geld, ziemlich viel Geld. In seiner Brieftasche waren seine Krankenversicherungskarte, ein vor Jahren abgelaufener Presseausweis und ein paar vergilbte Visitenkarten, auf denen sein Name und eine Hamburger Adresse standen. Auf die Rückseite hatte er seine Travemünder Adresse im Maritim geschrieben. Sie fand Pasquales Handy und suchte die wenigen darauf gespeicherten Kontakte durch. Elisabeth B. war unter B gespeichert. Unter eingegangene Anrufe entdeckte Romy, dass ihre Mutter es gewesen war, die vorhin Pasquale versucht hatte zu erreichen. Sie hatte an diesem Tag oft versucht ihn zu erreichen.

Romy steckte alles wieder zurück in Pasquales Taschen. Bevor sie sich dann auf dem Sofa schlafen legte, sah sie noch einmal nach ihm. Pasquale gehörte zu den Männern, die ohne Sport zu treiben durchtrainiert wirkten. Seine Statur erinnerte Romy an die eines Fußballers. Er gefiel ihr und war ihr doch fremd. Und das sollte er auch bleiben.

Am nächsten Morgen stieg sie zu Pasquale ins Bett, so als wäre sie die ganze Nacht bei ihm gewesen. Sie rückte mit dem Rücken dicht an seinen Oberarm, sodass er sie bei der nächsten Bewegung berühren musste. Als sie gerade noch einmal einschlafen wollte, spürte sie seine Hände, die über ihre Hüfte fuhren, die ihr Hemd hochschoben und berührten, was er gern berühren wollte. Romy tat so, als ob sie schliefe. Das ermutigte Pasquale, ihre Decke leise zurückzuschlagen, sie anzusehen und anzufassen, wo es ihm behagte. Mehrmals strich er über die Narbe, die Romy auf der Schulter hatte, als könne er so herausfinden, woher sie sie hatte. Als seine Finger zwischen ihren Beinen angekommen waren, drehte sich Romy zu ihm und sah ihm in die Augen. Pasquale *wich ihrem Blick nicht aus, wollte aber seine Hand wegnehmen. Romy hielt sie fest. Pasquale verstand.*

***

Jan verabschiedete Lars Müller, seinen ehemaligen Schulfreund, der sich hatte beraten lassen, was im Fall einer Scheidung finanziell auf ihn zukommen würde.

Lars hatte erst vor etwa fünf Jahren ein rauschendes Hochzeitsfest im Columbia Hotel gefeiert, auch Jan war damals eingeladen gewesen. Er erinnerte sich noch gern an den lauen Sommerabend mit feinstem Essen, Champagner und einer guten Band. Jan hatte viel draußen auf der Terrasse des Columbia gesessen, sich an dem glücklich wirkenden Brautpaar erfreut und an den Gesprächen mit anderen ehemaligen Mitschülern, die er an diesem Abend traf. Nun dachte Lars an Trennung, und es schien ihn dabei nicht viel mehr zu berühren als die finanziellen Konsequenzen.

»Sei froh, dass du Single bist«, sagte Lars Müller zum Abschied.

Jan lachte und nickte. Und fühlte sich dabei wie ein Verräter. Weil er einerseits nicht gern Single war und weil er andererseits diese Beratung wieder einmal als Freundschaftsdienst geleistet hatte, in der Hoffnung, seinen alten Schulfreund dann eines Tages als Scheidungsanwalt vertreten zu können.

Kaum hatte Lars das Büro verlassen, klingelte es. Jan drückte auf den Türöffner und sah in den Kalender, den seine Rechtsanwaltsgehilfin führte. Er konnte sich nicht erinnern, heute noch einen Termin mit einem Mandanten vereinbart zu haben. Es war auch nichts vermerkt.

Jan rechnete damit, dass es wieder einmal seine Mutter war, die unter dem Vorwand, ihm etwas bringen zu wollen, hin und wieder vorbeikam und dabei nur nach ihm schauen wollte. Jan beschloss, sie abzuwimmeln. Umso überraschter war er, als Nina in sein Büro trat.

Bei ihrem Anblick dachte er keinen Moment an die Probleme, deretwegen sie sicherlich kam. Nina gehörte für ihn zu den

Frauen, die sich ihrer Schönheit überhaupt nicht bewusst waren. Sie nahm ihre Wirkung auf andere als etwas Normales hin und hatte offenbar noch nie darüber nachgedacht, dass andere Frauen viel mehr als sie tun mussten, um Männer für sich einzunehmen.

Jan ging auf Nina zu. Als wollte sie ihn auf Abstand halten, streckte Nina ihm einen Briefumschlag entgegen und sagte: »Ich muss mit dir reden.«

Jan bot ihr einen Platz an seinem Besprechungstisch an. Nina goss sich Wasser aus der Flasche ein, die für Klienten bereitstand. Sie nahm die Sonnenbrille vom Kopf, griff in ihr volles, langes blondes Haar und band es mit einem Haargummi, das sie über der Uhr am Handgelenk trug, am Hinterkopf fest, als wollte sie der Situation die nötige Ernsthaftigkeit verleihen.

»Du musst mir sagen, was im Testament von Frau Bergmann steht!«

Jan lehnte sich zurück. »Auch wenn ich es dürfte, ich weiß es nicht. Ich habe es nicht gesehen. Sie hat es nur bei mir hinterlegt. In den letzten Wochen hat sie ständig ein neues hinterlegt und das alte wieder mitgenommen und vermutlich vernichtet. Und nicht einmal das dürfte ich dir sagen.«

Eine Strähne löste sich aus Ninas Zopf und fiel über ihre Stirn, über die zwei Falten quer verliefen. Nina hatte diese Falten, seit sie ein junges Mädchen war, weil sie ständig die grünen Augen aufriss, als staunte sie über etwas.

»Du könntest doch das Testament öffnen. Niemand würde es bemerken.«

Jan schüttelte den Kopf.

Nina schmiss ihm den Briefumschlag über den Tisch.

»Du bist wirklich eine tolle Hilfe!«

»Nina! Bitte!«

Nina zeigte auf den Briefumschlag. »Du wirst bei der Testamentseröffnung vermutlich dein blaues Wunder erleben. Oder besser gesagt, der Sohn von Frau Bergmann wird sein blaues Wunder erleben. Lies mal.«

Jan nahm zwei Briefe aus dem Umschlag und las.

»Verstehe ich nicht. Von einer Tochter hat sie nie etwas gesagt. Wenn sie wegen ihres Testaments hier war, hat sie nur ihren Sohn erwähnt. Und dass der nicht mehr so viel brauche und sie sich deshalb entschieden habe, Teile ihres Vermögens für einen guten Zweck auszugeben. Aber auch das dürfte ich dir eigentlich nicht sagen.«

»Und du glaubst, das hat dem Sohn gefallen, so verbissen, wie der vorhin in der Wohnung nach dem Testament gesucht hat?«

»Keine Ahnung. Noch weiß er ja nicht, wie viel er bekommt.«

»Und wenn sie es ihm gesagt hat? Und er gehofft hat, die letzte Fassung des Testaments noch rechtzeitig vernichten zu können?«

Worüber redeten sie hier, dachte Jan. In was waren sie hineingeraten? Weshalb konnten sie nicht einfach ein Paar sein, das unbeschwert miteinander umging? Jan sah aus dem Fenster. Die »MS Luzia« fuhr zu einer Bestattung hinaus.

»In wenigen Tagen wird Frau Bergmann bestattet, danach wird sofort die Testamentseröffnung sein. Der Sohn wird erst dann erfahren, was er erbt. Er hatte also kein Motiv, seine Mutter umzubringen«, sagte Jan.

»Es sei denn, er hat bereits gewusst, dass sie angefangen hat, ihm immer weniger zuzugestehen. Und er wollte sie stoppen«, entgegnete Nina.

Ein Sohn, der seine Mutter umbringt, wegen Geld. Jan wurde das plötzlich alles zu viel: Sie waren hier doch nicht in irgendeinem Krimi.

»Warte die Testamentseröffnung ab. Ich erzähle dir dann, was war.«

»Und solange verdächtigt mich weiterhin die Polizei – als Mörderin.«

»Nina, wenn du ans Telefon gehen würdest, wüsstest du es längst. Die Polizei hat nicht nur den Leichnam von Frau Bergmann freigegeben. Sie hat auch die Akte geschlossen. Die gehen jetzt doch von Selbsttötung aus.«

Jan lächelte. Nina nicht.

»An mir bleibt trotzdem etwas kleben, wenn nicht herausgefunden wird, was wirklich war. Das könnte ich nicht ertragen.

Der Sohn von Frau Bergmann möchte auch wissen, was wirklich geschehen ist. Er hat mich beauftragt, es herauszufinden.«

Jan lachte auf. »Das ist nicht dein Ernst!«

»Doch! Hast du schon vergessen: Er hält mich für deine Mitarbeiterin. Und er zahlt mir ein gutes Tageshonorar.«

»Du bist nicht meine Mitarbeiterin!«

Nina erhob sich. Jetzt lächelte sie.

***

Alexander Bergmann parkte seinen Mercedes auf dem für ihn reservierten Parkplatz des Firmengeländes. Das Nummernschild, das diesen Platz kennzeichnete, war immer noch das seines längst verstorbenen Vaters. Heute blieb Alexander nicht wie so oft noch eine Weile im Auto sitzen, sondern stieg sofort aus. Er fühlte sich beinahe beschwingt. Er hatte jetzt das Gefühl, etwas Wichtiges zu tun zu haben, etwas, das er auch bewältigen konnte und das ihn weiterbringen würde. Wie weit, wusste er zwar noch nicht genau. Er hoffte, sehr weit.

In der Tür zur Teeküche standen drei seiner Bauzeichnerinnen, grüßten knapp und ließen sich durch das Erscheinen ihres Chefs beim Klönen nicht weiter stören. Stieg ansonsten in solchen Situationen Beklemmung in Alexander Bergmann auf, weil es an ihm als Chef war, Kritik zu äußern, so dachte er heute: »Wartet nur, euch werde ich es zeigen!«

Er wehrte seine Sekretärin ab, die ihm dringend etwas mitteilen wollte. In seinem Büro suchte er bei Google Einträge zum Stichwort *Seebestattungen in Travemünde*. Ihm war dabei leicht ums Herz, vielleicht weil seine Sorgen nun bald ein Ende haben würden, vielleicht auch weil er feststellte, dass Seebestattungen viel weniger kosteten, als er vermutet hatte. Außerdem waren sie kurzfristig buchbar, sogar übers Internet.

Wie um sich selbst zu bremsen, wählte Alexander Bergmann die Nummer seiner Frau. Zu Hause nahm sie nicht ab. Er rief sie auf dem Handy an. Mailbox. Alexander Bergmann sah auf die Uhr. Vermutlich war seine Frau im Meridian, wo sie, seit ihre Tochter zu einem Auslandssemester in den USA war, inmer häufiger ihren Körper trainierte und im Anschluss noch ein paar Saunagänge absolvierte. Alexander wählte nochmals die Nummer des Handys und bat sie zurückzurufen. Er wollte nicht, dass es so aussah, als hätte er von vornherein vorgehabt, sämtliche Entscheidungen über die Bestattung seiner Mutter ohne Absprache mit seiner Frau zu treffen. Dabei hatte er längst alle Entscheidungen getroffen und war sich sicher, dass Katharina das kaum interessieren würde.

Es sollte ihm niemand nachsagen können, er hätte die billigste Variante gewählt, also entschied er sich für das Schiff »MS Luzia«, das von Travemünde aus aufs Meer hinausfuhr und außerhalb der Drei-Meilen-Zone auf einem Seefriedhof der Ostsee Urnen beisetzte. Diese Fahrt kostete zwar nur neun Euro mehr als die allergünstigste Variante, aber dafür war das Schiff das neueste.

Alexander überlegte, das Ganze übers Internet zu organisieren. Doch dann befürchtete er, es könnte etwas nicht wie gewünscht klappen, und wählte die kostenlose Hotline. Zehn Minuten später legte er den Hörer wieder auf und hatte alles erledigt. Die nette Frau hatte ihm ihr Beileid ausgesprochen und ihn mit großem Respekt behandelt, so als wäre er der einzige Mensch auf der Welt, der gerade seine Mutter verloren hatte. Sie hatte nicht so gewirkt, als würde sie nur die Bestellung einer Dienstleistung annehmen, sondern so, als wäre es ihr ein Anliegen, für Alexander eine würdevolle Zeremonie zu organisieren. Alexander Bergmann fühlte zum ersten Mal, seit das alles geschehen war, Trauer. Die Frau von der Hotline hatte nie die Worte *Tote* oder *Verstorbene* in den Mund genommen, sondern immer von seiner *Frau Mutter* gesprochen. Sie würden seine Frau Mutter abholen und versorgen. Sie würden seiner Frau Mutter das Gewand anlegen lassen und den Sarg mit Kissen und Decke ausstatten, sie würden seine Frau Mutter zum Krematorium überführen, und dort würde nochmals ein Arzt seine Frau Mutter anschauen …

Alexander Bergmann hatte angemerkt, dass das nicht nötig sei, denn seine Mutter komme, wie gesagt, aus der Rechtsmedizin. Seine Frau Mutter werde dann zur Reederei an der Ostsee überführt, hatte die Frau danach weiter erklärt, wo sie in die Seebestattungsurne umgebettet werde. Der Kapitän werde während der Ausfahrt eine Ansprache halten und auch die Urne beisetzen, es sei denn, ein Angehöriger würde es gern selbst tun. Kleine Handsträuße könnten zur Verfügung gestellt und mit ins Meer geworfen werden. Eintausendneunhundertneunundneunzig Euro, für all das. Vierzehn Personen könnte die Trauergesellschaft umfassen. Wie viele es denn werden würden, fragte die Frau von der Hotline. Alexander Bergmann hatte geantwortet, dass er das klären und sich noch einmal melden werde.

Er lehnte sich in seinem Stuhl zurück und überlegte, wen er zur Seebestattung einladen sollte. Es kamen ihm ein paar alte Bekannte seiner Eltern in den Sinn und ein paar ehemalige Mitarbeiter seines Vaters. Doch die Vorstellung, mit diesen auf dem kleinen Schiff hinauszufahren, beunruhigte ihn. Enge Verwandte gab es keine. Alexander hatte nicht einmal vor, seine Tochter extra aus Amerika anreisen zu lassen. Heuchlerisch käme ihm das vor. Dabei fiel ihm ein, dass er Franziska noch gar nicht benachrichtigt hatte, dass *Großmama* verstorben war. Er ging davon aus, dass seine Frau es bei einem ihrer Telefonate per Skype getan hatte.

Großmama, so und nicht anders wollte Alexanders Mutter von ihrer Enkelin genannt werden, das hatte sie bei Franziskas Geburt angeordnet. Eine wirkliche Großmama war sie jedoch nie gewesen.

Alexander stand auf und sah aus dem Fenster. Der Hausmeister pflanzte rote Primeln auf dem Hofgelände nach. Wie oft hatte Alexander schon gedacht, dass er sie entfernen lassen müsste, diese Relikte aus den Zeiten seines Vaters, doch dann hatte er die Primeln gar nicht mehr wahrgenommen. Nun fragte er sich, wie oft sie in den letzten Jahren durch neue ersetzt worden waren, sodass auf dem Gelände alles so aussah, als wäre sein Vater hier noch der Chef. Als wäre Alexander noch ein Kind.

Er sah sich, wie er eines Tages als kleiner Junge gemeinsam mit seiner Mutter den Vater bei der Arbeit besuchte. Angestellte strichen ihm über den Kopf und schmeichelten ihm, dass er ein hübscher und großer Junge sei, mit feinen dunklen Locken und großen blauen Augen. Alexander ging stolz an der Hand seines Vaters durch Flure und Büros, die Mutter neben sich. Später, auf dem Außengelände der Firma, glaubte er, nun gingen seine Eltern und er in Richtung Auto und würden gemeinsam nach Hause fahren. Seine Mutter meinte, sie hätten noch eine Überraschung für ihn. Alexander sah zu seinem Vater hoch. Zu seiner Mutter. Beide lächelten und sahen einander bedeutungsvoll an.

»Irgendwo hier zwischen den Blumen und Bäumchen ist ein Geschenk für dich versteckt«, sagte die Mutter.

»Also los, such mal!«

Alexander löste sich von der Hand des Vaters und rannte los – in Richtung Primeln und Buchsbäume. Er suchte. Die Mutter rief »warm« oder »kalt«. Der Vater rief »warm« oder »kalt«.

Alexander suchte. So freudig aufgeregt, dass er nicht wahrnahm, dass ihm irgendwann niemand mehr zurief, ob er dichter an seinem Ziel oder weiter entfernt war. Er fand unter einem der Buchsbäume einen Karton, umwickelt mit glänzendem Geschenkpapier und einer breiten Schleife. Er drückte ihn an sich und rannte damit auf seine Eltern zu. Doch die standen nicht mehr dort, wo sie eben noch gestanden hatten. Eine der Frauen, die ihm vorhin über den Kopf gestreichelt und ihn einen hübschen Jungen genannt hatte, nahm Alexander in Empfang. Er drehte sich um sich selbst, immer wieder. Irgendwo hier waren seine Eltern eben noch gewesen, irgendwo hier müssten sie sein!

Die fremde Frau griff nach seiner Hand. »Hab keine Angst, deine Eltern kommen bald wieder. Solange bleibst du bei mir.«

Alexander begann zu weinen.

Die Frau zog ihn mit sich.

Alexander sah sich immer wieder um. Irgendwo hier mussten seine Eltern sein! Das Geschenk fiel ihm aus dem Arm. Die Frau hob es auf und trug es für ihn bis zu ihrem Auto. Alexander wollte nicht einsteigen.

Er kann sich bis heute nicht an die Fahrt zur Wohnung der

Frau erinnern. Er kann sich auch nicht an die Wohnung erinnern, in der er dann vierzehn Tage wohnte. Bis seine Eltern aus dem Urlaub zurückkamen. Erst vor ein paar Jahren hatte er diese Geschichte zum ersten Mal gegenüber seiner Mutter angesprochen und nach dem Weshalb und Warum gefragt.

So wäre das nicht gewesen, behauptete seine Mutter. Sie hätten alles mit ihm besprochen, und er wäre einverstanden gewesen. Als Paar müsse man unbedingt auch mal Urlaub ohne Kind machen. Er wisse doch sicher inzwischen aus eigener Erfahrung, wie wichtig das für eine Ehe sei.

»Ihr habt mich in den zwei Wochen nicht einmal angerufen«, brachte Alexander hervor. Seine Mutter behauptete, es wäre nur eine knappe Woche gewesen. Und wenn sie tatsächlich nicht angerufen hätten, dann nur, um es ihm nicht noch schwerer zu machen. Er wäre doch damals noch so klein gewesen, und wenn er die Stimme seines Vaters oder seiner Mutter gehört hätte, dann wäre die Sehnsucht in ihm erwacht. Sie hätten sich nicht bei ihm gemeldet, damit er nicht leide.

Jetzt überlegte Alexander, was eigentlich in dem Geschenkkarton gewesen war. Er wusste es nicht mehr.

Sein Handy klingelte. Katharina fragte außer Atem, ob es etwas Wichtiges gäbe.

»Ich wollte mit dir Mutters Bestattung besprechen«, antwortete Alexander. »Findest du, wir sollten Leute einladen? Ansonsten habe ich schon alles organisiert«, fügte er hinzu und wollte beschreiben, wie die Seebestattung ablaufen würde, doch Katharina kam ihm zuvor.

»Wann soll das denn sein?«

»Am siebten Juli.«

»Das hättest du mit mir absprechen müssen, falls ich einen anderen Termin habe.«

»Wir müssen da auch gar nicht hin. Keiner von uns. Die machen das auch ohne uns. Ich will nur, dass es bald ist. Direkt danach findet dann die Testamentseröffnung statt.«

Katharina meinte, dass er und sie auf jeden Fall bei der Bestattung anwesend sein sollten, ansonsten entstünde ein komischer Eindruck.

Eindruck bei wem?, dachte Alexander.

»Wo bist du gerade?«, fragte er.

»Im Meridian, das weißt du doch.«

Alexander nickte.

Er hörte Autos im Hintergrund, auch eine U-Bahn-Durchsage.

***

Im Außenbereich der Alten Vogtei waren an diesem frühen Nachmittag nur wenige Plätze besetzt.

Nina und Jan setzten sich an einen der Tische. Nina wie immer unbewusst mit dem Rücken zur Wand. Als Jan das kommentierte, fiel es ihr auf, und sie brachte den Spruch über die Cowboys, die sich in Saloons auch immer mit dem Rücken zur Wand setzen, um alles im Blick zu haben und rechtzeitig den Colt ziehen zu können.

Auf dem Wiesenhügel auf der gegenüberliegenden Straßenseite stand ein großes Kunstobjekt, dessen Einzelteile im Wind klirrten. Andere Windspiele säumten den Gang zum Innenhof der Alten Vogtei.

Jan hatte den Vorschlag gemacht, hier noch gemeinsam etwas zu essen. Nina und er entschieden sich für Flammkuchen, der hier besonders gut war, und bestellten Federweißen dazu. Auf dem Weg hierher hatten sie nicht mehr darüber gesprochen, dass Nina Nachforschungen anstellen wollte, obwohl *die Sache* für die Polizei abgeschlossen war.

Die Getränke kamen. Nina trank ihr Glas fast in einem Zug aus und bestellte bei der Kellnerin ein weiteres.

»Heute lade ich dich ein«, sagte sie zu Jan. »Ich werde ja jetzt gut verdienen. Kommt es dir nicht komisch vor, dass Alexander Bergmann in der Wohnung seiner Mutter sitzt und wie besessen nach dem Testament sucht, bevor sie überhaupt unter der Erde ist? Und dass er der Polizei keinen Druck gemacht hat, den Fall zu lösen, sondern mich beauftragt? Dem geht es doch um etwas ganz anderes, als denjenigen zu finden, der seiner Mutter etwas angetan hat.«

»Dass es ihm ums Geld gehen könnte, das hatten wir schon. Noch einmal: Da er nicht weiß, wie viel er erben wird, hatte er kein Motiv.«

»Vielleicht war er es auch, der das viele Geld aus der Tasche hat mitgehen lassen«, überlegte Nina.

Die Kellnerin servierte das Essen und wünschte »Guten Appetit«.

Nina sah unentschlossen auf ihren Flammkuchen. Auch Jan aß nicht.

»Derjenige, der das Geld genommen hat, könnte aber der Täter sein. Vielleicht stimmt ja, was der Sohn vermutet, und es gab tatsächlich einen Mann in Elisabeth Bergmanns Leben.«

»Oder es war eine Täterin«, überlegte Nina. »Denk an die Tochter, die nach langer Zeit plötzlich aufgetaucht ist. An die Briefe von ihr, die ich dir gezeigt habe. Wer weiß, was sie nach so langer Zeit von ihrer Mutter wollte.«

Jan begann, seinen Flammkuchen in Stücke zu zerteilen.

»Elisabeth Bergmann könnte dieser Tochter alles Mögliche vermacht haben. Auch das Geld aus der Tasche.«

»Dann wäre sie jetzt nicht tot«, entgegnete Nina. »Und du als Anwalt von Frau Bergmann hättest davon etwas mitbekommen. Dann würde es sicherlich etwas Schriftliches geben. Gibt es doch nicht, oder?«

Jan antwortete nicht.

»Anwaltliche Schweigepflicht hin oder her. Ich würde dir anmerken, wenn du mehr wüsstest.«

Jan lächelte. »So gut glaubst du mich also zu kennen.«

Nina erwiderte sein Lächeln. »Du hast dich nicht verändert.«

Dann sah sie sie kommen. Ihre Mutter. Die bereits von Weitem stutzte, als sie Nina und Jan zusammensitzen sah.

»Hier steckst du also«, sagte ihre Mutter, als sie auf Höhe des Tisches war.

Jan stand auf, reichte ihr die Hand und bot ihr einen Platz an. Ninas Mutter lehnte ab.

»Es gibt gute Nachrichten«, beeilte sich Nina zu berichten. »Die Polizei hat gerade bestätigt, dass niemand Frau Bergmann etwas angetan hat, sondern dass sie Selbstmord begangen hat.

Jetzt kann keiner mehr behaupten, dass ich mit der Sache etwas zu tun habe.«

Die Mutter sah die Straße hinauf. »Wollen wir mal hoffen, dass das stimmt.«

***

Danach trank sie mit Pasquale noch Kaffee und bat ihn dann zu gehen. Pasquale fragte, ob er wiederkommen dürfe. Romy sagte, sie wüsste es noch nicht, sie wäre durcheinander, denn so etwas wie mit ihm wäre ihr noch nie passiert. Pasquale nahm es als Kompliment. Er gab ihr seine Handynummer, sie solle ihn anrufen, jederzeit, oder doch lieber SMS schicken, berichtigte er sich. Romy versprach, es sich zu überlegen. Sie sei inkognito in Niendorf, er solle ihr versprechen, niemandem etwas zu erzählen. Sie sei dabei, ein neues Leben zu beginnen, alles Alte zurückzulassen. Alles Alte, das sie nicht einholen dürfe. Dann begann sie zu weinen. Pasquale nahm sie in den Arm und versprach, dass sie sein Geheimnis bleiben würde.

»Auf mich kannst du dich verlassen.«

Romy ließ ihn hinaus, nachdem sie sicher war, dass ihre Vermieter nicht in Sichtweite waren.

Sie wartete zwei Tage, bis sie ihm mit unterdrückter Telefonnummer eine SMS mit einer Strandkorbnummer am Ende des Strandes in Niendorf und eine späte Uhrzeit schickte.

Zu dem Treffen brachte sie zwei Flaschen Wein, Gläser und Kerzen mit. Romy stellte ihren Korb in den Sand und breitete eine Decke aus. Sie sah von Weitem, dass sich Pasquale bereits auf der Promenade herumdrückte, um nicht zu früh am Strandkorb einzutreffen. Romy drehte die Öffnung des Strandkorbs in Richtung Wasser, damit niemand Pasquale und sie sah. Es war Vollmond und der Himmel wie übersät mit Sternen.

Pasquale brachte ebenfalls eine Flasche Rotwein mit, die er lässig in der Hand hielt. »Sehr romantisch«, sagte er zur Begrüßung. Romy blieb noch eine Weile stehen und setzte sich dann rittlings auf eine der ausgezogenen Fußstützen des Strandkorbes. Sich jetzt schon neben Pasquale zu setzen, wäre ihr zu nah gewesen.

Sie öffnete die erste Flasche, ohne auf seinen Widerspruch, dass er das doch machen könne, zu reagieren. Sie stießen an. Pasquale redete. Sie sei ihm die ganze Zeit nicht mehr aus dem Kopf gegangen, und er sei froh, dass sie sich gemeldet habe.

Der Wind blies die Teelichter aus, die Romy auf die beiden seitlichen ausgeklappten Tischchen gestellt hatte. Pasquale griff zum Feuerzeug, um sie wieder anzuzünden. Dabei fiel das Licht auf Romys Gesicht.

»Du bist wunderschön«, sagte Pasquale. »Setz dich doch zu mir in den Korb.«

Romy tat es und gab sich dabei schüchtern.

»Ich werde dich zu nichts drängen«, sagte Pasquale.

Wäre ja auch noch schöner, dachte Romy und sagte: »Das neulich, das ist eigentlich nicht meine Art.«

Sie erkannte im Kerzenschein Pasquales Stolz, dass sie gleich am ersten Abend mit ihm ins Bett gegangen war. Sie erzählte ihm eine Geschichte, die von nun an die ihre war. Dass sie gar nicht mehr gewuss habe, was Zärtlichkeit sei, und nun sei ihr mit Pasquale das passiert was ihr nicht mehr aus dem Kopf gehe. Sie erzählte die Geschichte über einen gewalttätigen Mann, vor dem sie auf der Flucht sei. Romy sei einfach weg aus Berlin, über Nacht. Sie wolle sich hier, irgendwo an der Küste, wo ihr Ex sie hoffentlich nicht vermute oder gar nach ihr suche ein neues Zuhause aufbauen. Sie habe nichts weiter mitnehmen können, auch kaum Geld. Aber sie werde es schaffen.

Dann weinte Romy ein bisschen.

»Ich weiß gar nicht, weshalb ich dir das alles erzähle. Du bist doch ein Fremder. Ich hätte niemals gleich mit dir ins Bett gehen dürfen.«

Pasquale zog sie an sich. »Wir haben uns auf Anhieb voneinander angezogen gefühlt. Wir haben alles richtig gemacht.«

Er begann sie zu küssen. Dabei streichelte er ihren Nacken und fuhr mit dem Finger über die Narbe auf ihrer Schulter, als wisse er nun, woher Romy sie hatte.

»Du kannst mir vertrauen«, sagte er.

Es war der wohl unbequemste Sex, den Romy jemals hatte. In diesem Strandkorb, mit dieser Decke, die ständig verrutschte, diesem feuchten Sand, der überall an ihrem Körper zu kleben schien.

»Wollen wir lieber zu dir gehen?«, flüsterte sie, obwohl sie die Antwort bereits kannte. Pasquale beteuerte, dass er es in diesem Strandkorb

viel aufregender finde als bei sich in der kleinen Wohnung auf dem Klappsofa. Als er kam, stöhnte er, dass Romy und er füreinander bestimmt seien. Romy wollte nur noch weg. In ihren Anbau, duschen und allein sein. Sie rauchte noch eine Zigarette.

»Mir geht das alles zu schnell«, sagte sie. »Wer sagt mir, dass du am Ende nicht ebenso besitzergreifend bist wie mein Exmann?«

Sie zog sich an und begann die Sachen zusammenzupacken.

»Ich kann noch mit zu dir kommen«, sagte Pasquale. Es hörte sich wie eine Frage an.

Romy küsste ihn flüchtig auf den Mund. »Sei mir nicht böse, ich melde mich.«

Pasquale stand auf, dann setzte er sich wieder und sah ratlos zum Himmel. »Eine Sternschnuppe. Wir können uns etwas wünschen!«

Romy blickte hoch. Sie konnte keine Sternschnuppe sehen. »Wünsch du dir etwas. Aber verrate es nicht!«

Dann ließ sie Pasquale im Strandkorb zurück.

SIEBEN

Nina klappte ihren Laptop auf. Sie hatte bei einer Übersetzer-Börse im Internet bei einer Ausschreibung für die Übersetzung einer Gebrauchsanweisung für ein neuartiges Topfset aus China teilgenommen. In ihrem Mail-Postfach war keine Antwort. Der Auftrag war also an jemand anderen gegangen.

Sie sah sich in ihrem ehemaligen Kinderzimmer um. Die Vorhänge, der Teppich, der Schrank und das Bett waren mal ihre gewesen und kamen ihr heute seltsam fremd vor. Nachdem Nina vor Jahren nach Hamburg gegangen war, hatte ihre Mutter ihr Zimmer erst so belassen, wie es war. Als klar war, dass Nina nicht zurückkehren würde, hatte sie versucht, es an Feriengäste zu vermieten. Doch das hatte auch bei geringem Preis nur selten geklappt. Kaum jemand wollte heutzutage Ferien in einem ehemaligen Kinderzimmer machen, das neben dem Schlafzimmer der Vermieterin lag und das man durch deren Wohnung betreten musste. Nina loggte sich auf der Internetseite ihrer Sparkasse ein und prüfte ihren Kontostand. Sie sollte schleunigst Geld verdienen.

Sie stand auf und wusste plötzlich nicht, wohin. In diesem Zimmer wollte sie nicht bleiben, doch unten im Haus rumorte es in der Küche, und ihrer Mutter wollte Nina keinesfalls begegnen. Die Vergangenheit herrschte in diesem Haus.

Sie hatte geglaubt, damit längst abgeschlossen zu haben.

Nina erwog, noch an diesem Tag nach Hamburg zurückzukehren, ihr Leben dort weiterzuführen. Doch sie verwarf den Gedanken. Sie brachte es nicht über sich, ihre Mutter allein zu lassen, denn diese schien zum ersten Mal im Leben am Ende ihrer Kräfte zu sein. Sie hatte früher viel Kraft aufgebracht, sogar nachdem eines Tages ihr Mann, Ninas Vater, nicht mehr nach Hause gekommen war. Beim Fischen war er mit seinem kleinen Boot in einen Sturm geraten, gekentert und offenbar ertrunken. Es war Februar gewesen, sein Leichnam wurde nie gefunden. Als das passierte, war Nina noch so klein gewesen, dass sie sich kaum daran erinnerte. Dass sie sich kaum an ihren Vater erinnerte. Ihre Mutter hatte es mit ihrer Liebe und Lebensfreude geschafft, dass Nina nicht mehr lange nach ihm fragte. Vielleicht war nun die Schließung ihres Ladens der eine Schicksalsschlag zu viel in ihrem Leben gewesen.

Dass in diesem Haus keine Fotos mehr von ihrem Vater existierten, war Nina schon als jungem Mädchen aufgefallen. Als Grund nahm sie an, dass der Mutter die Erinnerung an den Verlust ihres Mannes, der ihre große Liebe gewesen war, unerträglich war. Nina hatte ihre Mutter vor ein paar Jahren einladen wollen, einen Blumenstrauß am Stein »Zum Gedenken an die Verstorbenen, die in der Lübecker Bucht ihre ewige Ruhe fanden« für den verschollenen Vater niederzulegen. Ninas Mutter hatte das nicht gewollt. Nina war allein zu dem Stein gegangen, der sich am Brodtener Ufer in Richtung Hermannshöhe befand, und hatte ihre Blumen zu den anderen Sträußen gelegt. Öfter hatte sie versucht, sich das Bild ihres Vaters ins Gedächtnis zu rufen, doch es gelang ihr nicht. Manchmal träumte sie von ihm, doch auch in ihren Träumen war er ein Mann ohne Gesicht.

Sie nahm die Visitenkarte von Alexander Bergmann aus der Handtasche. Letztendlich würde sie doch auch in ihrem Interesse ermitteln, wenn sie für Alexander Bergmann nach demjenigen suchte, der seine Mutter bestohlen und eventuell auch umgebracht hatte. Auch oder weil die Polizei sich nicht mehr dafür interessierte. Außerdem würde Nina fünfhundert Euro pro Tag bezahlt bekommen. Dafür müsste sie eine Menge Gebrauchsanweisungen übersetzen.

Nina entschied sich, Alexander Bergmanns Auftrag nur anzunehmen, wenn inzwischen kein Übersetzungsjob für sie eingegangen war. Sie schaute erneut in ihre E-Mails. Ihr Postfach war leer.

***

Ihr Vermieter winkte ihr von der Garage her zu. Romy winkte dankend mit der Zeitung zurück, die er ihr wieder einmal auf den Tisch unter den Blumentopf-Aschenbecher gelegt hatte. Die Anzeigen für

Zimmer oder Wohnungen rissen er oder seine Frau offensichtlich immer heraus, vermutlich weil sie wollten, dass Romy ihnen als Mieterin erhalten blieb. Der Anzeigenteil für Jobangebote war noch vorhanden.

Wenn ihre Vermieter in Sichtweite waren, tat Romy manchmal so, als wenn sie ausführlich mit jemandem telefonierte, dem sie berichtete, wohin es sie verschlagen hatte und dass es ihr gut ging.

Der üppige Rosenstrauß, den sie von Pasquale bekommen hatte, verblühte bereits. Sie beschloss, den Strauß zu trocknen, und nahm ihn aus der alten, matten Kristallvase, die sie unter der Spüle gefunden hatte. Ausrangiert, dachte Romy, wie alles hier. Das Blumenwasser stank nach verfaulten Eiern, als sie es in den Ausguss kippte. Romy schnitt die angefaulten Stiele ab, band den Strauß zusammen und suchte nach einem Platz, an dem sie ihn aufhängen konnte. Sie stand auf einem Stuhl, als Pasquale plötzlich in der Tür stand. Romy erschrak, ihr fiel der Strauß aus der Hand.

Er trat ein, entschuldigte sich mehrmals und beteuerte, er habe es nicht mehr ausgehalten ohne sie.

»Das ist gegen die Abmachung!«, sagte Romy, stieg vom Stuhl und hob den Rosenstrauß auf.

»Welche Abmachung?«, fragte Pasquale.

»Dass ich mich melde.«

»Aber du meldest dich nicht.«

»Tut mir leid, aber ich kann jetzt einfach keine Beziehung gebrauchen. Was passiert, wenn sich einer von uns verliebt?«

»Ich bin schon verliebt«, sagte Pasquale und kam einen Schritt auf sie zu.

Romy wich zurück. Sie bedauerte, nicht auf Kommando weinen zu können. »Ich denke auch oft an dich. Dabei weiß ich nicht mal, ob du eine Beziehung hast. Weshalb ich nicht mit zu dir darf.«

Pasquale setzte sich auf das Sofa. Er blickte sich um und wirkte überrascht, wie heruntergekommen der Raum, in dem Romy lebte, bei Tageslicht war. »Kein schönes Versteck«, sagte er. »Was willst du denn wissen?«

»Alles.«

Pasquale erzählte von früher, als er noch erfolgreich gewesen war. Romy zündete sich eine Zigarette an und unterbrach ihn nicht, obwohl sie das alles schon einmal gehört hatte. Beiläufig ließ sie ihr Shirt ein

Stück von der Schulter mit der Narbe rutschen. Pasquale erzählte, dass er irgendwann seine Wohnung in Hamburg aufgegeben hatte, weil er fast gar kein Geld mehr verdiente. Sein zweites Buch sei ein Flop gewesen. Und als hätte es das erste mit den dreihunderttausend verkauften Exemplaren niemals gegeben, wollte nach dem Flop des zweiten Buches kein Verlag ein weiteres von ihm drucken. Er habe es bei vielen Verlagen versucht, doch vergeblich. Pasquale erklärte Romy, wie die Verlagsbranche sich in den vergangenen Jahren verändert hatte, dass statt der Autoren und ihrer Bücher, gleichgültig, wie gut diese waren, nur noch die Verkaufszahlen zählten. Dass es in Verlagen heutzutage zuginge wie in Betrieben, die Schrauben oder Würstchen herstellten. Nur dass Neuerscheinungen heutzutage schneller wieder aus den Regalen verschwänden als Schrauben oder Würstchen …

Romy interessierte das alles ziemlich wenig, doch sie ließ Pasquale reden. Er habe es dann noch mit journalistischen Jobs versucht, aber auch dort gebe es eine harte Konkurrenz um die wenigen Aufträge, trotz der niedrigen Zeilenhonorare. Und von Travemünde aus sei sowieso alles noch schwieriger.

Dann habe er die Idee mit den Biografien gehabt, die Idee, die Lebensgeschichten älterer Leute aufzuschreiben, die gern ihr Leben als Buch hätten, für die Kinder oder Enkel, und selbst nicht schreiben könnten. Doch auch dafür wollte niemand ihn engagieren.

Endlich kam er zum Punkt: Vor einem Jahr auf der Eigentümerversammlung der Residenzler im Maritim habe er sie kennengelernt. Wie immer habe er sich abseits gesetzt, denn er hasste es, von Menschen umzingelt zu sein. Pasquale machte eine Pause.

»Sie stand in der Tür zum Saal und hielt Ausschau nach einem freien Platz. Es standen noch genügend zur Auswahl, aber sie sah mich und schritt durch den riesigen Saal, grüßte nach links und rechts die unterschiedlichsten Leute und lehnte alle Angebote ab, sich zu dem einen oder anderen zu setzen. Sie kam an ungefähr dreihundert Leuten vorbei direkt auf mich zu.« Pasquale zögerte weiterzusprechen. »Sie ist sehr elegant. Eine Erscheinung. Für ihr Alter. So hat es angefangen.«

»Was?«, fragte Romy.

Pasquale antwortete nicht.

»Nein!«, sagte Romy. »Das glaube ich nicht!«

Pasquale wirkte gequält.

»Das heißt, du bist gar nicht frei!« Romy versuchte, enttäuscht zu wirken.

»So kann man das nicht sagen!«

»Wie sonst?«

»Es hat sich einfach so ergeben.«

Romy inhalierte einen tiefen Zug und sah zur Decke, an der sich gerade eine kleine Spinne abseilte.

Pasquale knetete seine Finger. »Es hat sich einfach so ergeben ...«

»Ihr seid also ein Paar«, schloss Romy.

»So würde ich das nicht sagen.«

»Aber sie würde es so sagen!«

Pasquale sah durch den Raum. »Sie ist eine tolle Frau. Wir haben begonnen, viel Zeit miteinander zu verbringen. Und es war mir eigentlich auch egal, dass sie älter ist.«

»Wie alt ist sie denn?«

»Sie sagt es mir nicht. Ich frage auch nicht. Ich will es gar nicht wissen.«

Romy sah auf die Cartier an Pasquales Handgelenk. »Und sie gib dir Geld.«

»Manchmal.«

»Dafür, dass du mit ihr redest ...«

»Ich will das nicht mehr.«

»Was?«

»Das mit ihr. Ich will mit dir *zusammen sein.«*

»Ich kann mit jemandem wie dir nicht zusammen sein. Das ist mir alles zu kaputt. Ich bin hierhergekommen, um endlich nichts Kaputtes mehr um mich herum zu haben. Um neu anzufangen. Ich werde ganz sicher nichts mit jemandem anfangen, der gegen Bezahlung mit einer Frau schläft, weil er selbst nichts auf die Reihe kriegt!«

Pasquale sagte gequält: »So ist das nicht.«

»Wenn Frauen sich für Sex bezahlen lassen, werden sie Nutten genannt. Wie nennt man jemanden wie dich?«, fragte Romy.

»Hör auf! Es waren Geschenke! Die hätte ich auch so bekommen.«

Romy stand auf. »Das geht mich ja auch überhaupt nichts an. Jeder kann machen, was er will. Jeder muss sehen, wie er klarkommt. Auch wie er seine Kohle verdient. Du machst es eben so. Aber zu tun haben will ich damit nichts. Am besten, du gehst jetzt.«

Sie zeigte zur Tür. »Nun geh! Sie wartet bestimmt schon.«

Pasquale war fahl geworden und erhob sich langsam. »Ich will das nicht mehr, mit ihr.«

»Dann wird sie dir den Geldhahn zudrehen. Man beißt nicht in die Hand, aus der man frisst!«

Pasquale sah Romy in die Augen. »Ich will mit dir zusammen sein.«

Romy hielt seinem Blick stand.

Pasquale griff um ihr linkes Handgelenk und zog sie zu sich her. Romy wich seinen Küssen aus. Bis sie ihnen schließlich nachgab.

***

Nina schlug Alexander Bergmann am Telefon vor, zu ihm nach Hamburg zu kommen, weil sie gedenke, seinen Auftrag anzunehmen und weitere Informationen brauche. Er bestand jedoch auf einem Treffen in Travemünde. Nina willigte schließlich ein. Im Internet hatte sie recherchiert, dass es unglaublich viele Detekteien in Hamburg gab, die Alexander Bergmann hätte beauftragen können. Sogar in Travemünde gab es eine. Die meisten kosteten weniger als fünfhundert Euro pro Tag. Das alles irritierte sie, doch sie wollte diese fünfhundert Euro. Sie war am Telefon so geistesgegenwärtig gewesen, als Treffpunkt den großen Parkplatz am Ortseingang vorzuschlagen. Niemand sollte von ihrer Verabredung etwas mitbekommen, ihre Mutter nicht, Jan nicht.

Mit zwei Kaffeebechern aus Pappe von der nahe gelegenen Tankstelle stand sie nun auf dem Parkplatz und sah sich um, in Sorge, Bekannte könnten hier parken. Doch es war eher ein reiner Touristenparkplatz, auf dem man teuer bezahlen musste. Ein Paar entstieg einem Audi mit Berliner Kennzeichen. Die Frau trat von einem Bein aufs andere, sah verunsichert zu Nina und nahm schließlich den von schmutzigen Tempotaschentüchern gesäumten Pfad in die Büsche. Ihr Mann zog am Automaten einen Parkschein.

Nina blickte in Richtung Auffahrt. Dunkelblauer Mercedes, S-Klasse, Hamburger Kennzeichen, hatte Alexander Bergmann gesagt. Nina sah auf die Uhr, sie war zu früh. Als sie an ihrem

Kaffee nippte, war dieser nur noch lauwarm. Das Ehepaar verließ den Parkplatz in Richtung Ortsmitte, als Alexander Bergmann in seinem Mercedes eintraf. Nina ging auf das Auto zu. Alexander Bergmann öffnete von innen die Beifahrertür. Nina hielt ihm einen Kaffee entgegen, setzte sich ins Auto und schloss die Tür.

Alexander Bergmann bedankte sich für ihr Kommen und für den Kaffee.

»Ist leider schon fast kalt«, sagte Nina.

Eine Weile herrschte Schweigen. Nina befiel die Sorge, dass der Auftrag platzen könnte.

»Also, was soll ich für Sie herausfinden?«, fragte sie mit so fester Stimme wie möglich.

Alexander Bergmann klemmte den Kaffeebecher zwischen seine Knie und knetete seine Finger, als hätte er sich verbrannt. »Ich glaube nach wie vor nicht, dass meine Mutter Selbstmord begangen hat. Meine Mutter war nicht der Typ, der sich umbringt. Und dann auf diese Weise. Noch einmal: Es muss jemanden in ihrem Leben gegeben haben, der an ihr Geld wollte. So sehr, dass er dafür zum Mörder wurde.«

»Und ich soll jetzt herausfinden, wer dieser Jemand war?«, fragte Nina.

Alexander Bergmann nickte, während er stoisch durch die Frontscheibe seines Autos sah.

»Und Sie wissen wirklich nicht mehr? Ich muss alles wissen« hakte Nina nach. Sie erwartete nicht viel, wenn Alexander Bergmann nicht mal wusste, wer bei seiner Mutter geputzt hatte. Sie hoffte, dass er nicht pauschal die Putzfrau verdächtigte, wie e viele taten, wenn auch nur ein einziger Silberlöffel verschwunden war.

Alexander Bergmann öffnete die Autotür auf seiner Seite, al wäre es ihm zu eng geworden. »Eigentlich rauche ich nicht, abe haben Sie vielleicht eine Zigarette für mich?«

Nina holte aus ihrer Tasche Zigaretten.

»Ich würde solange gern aussteigen«, sagte Alexander Bergmann. »Meine Frau hasst es, wenn es im Auto nach Qualm riecht.«

Nina stieg mit aus, gab ihm Feuer und hoffte, er würde nicht bemerken, dass ihre Hände etwas zitterten. Sie lehnten sich mit dem Rücken an den Mercedes und rauchten.

Nina kam sich klein vor neben dem Mann im gut sitzenden dunkelblauen Anzug, dem sie nur bis zur Schulter reichte. Stattlich, kam ihr als Beschreibung für ihn in den Sinn, dabei war er vermutlich höchstens zehn Jahre älter als sie. Nina sah sich auf dem Parkplatz um, doch es war niemand da, der Notiz von ihnen hätte nehmen können.

»Wann haben Sie Ihre Mutter wirklich zum letzten Mal gesehen?«, fragte sie, wohl wissend, dass sich ihre Frage nach Fernsehkrimi anhörte.

»Ist wirklich schon eine Weile her«, antwortete Alexander Bergmann. »Sie war sehr verändert.«

Nina war nichts aufgefallen, wenn sie zum Putzen zu Frau Bergmann gekommen war.

»Auf welche Weise verändert?«

Alexander Bergmann ließ die Zigarette fallen und trat sie aus. Er drehte sich zu Nina und sah ihr ins Gesicht. »Sehr verändert. Nicht mal meine Frau weiß davon. Auch nicht, dass wir uns heute hier treffen. Können Sie mir garantieren, dass das alles unter uns bleibt?«

Nina versuchte, dem Blick ihres Auftraggebers standzuhalten. »Selbstverständlich. Das gehört zu meinem Job.«

»Außer Ihrem Chef, dem Herrn Andresen, dem werden Sie sicherlich berichten müssen.«

Daran hatte Nina noch gar nicht gedacht. Alexander Bergmann ging natürlich davon aus, dass Jan über ihren Detektivauftrag informiert war. Wind kam auf und jagte tief hängende schwarze Wolken über den Parkplatz.

»Aber Anwälte haben ja Schweigepflicht«, schloss Alexander Bergmann. Nina nickte. Der stattliche Mann neben ihr kam ihr plötzlich einsam vor. Sie roch sein Parfüm. Heute war es Cool Water, das benutzte Jan ebenfalls.

»Sie müssen mir mehr über Ihre Mutter erzählen, wenn ich für Sie tätig werden soll. Viel mehr!«

Alexander Bergmann schloss die Augen und hielt sein Gesicht in die Sonne, die kurz zwischen den Wolken hervorschien.

»Ich glaube, meine Mutter hat sich noch mal verliebt.«

Nina fiel die zerwühlte Versace-Bettwäsche im Schlafzimmer von Frau Bergmann ein. Hatte die alte Dame nicht allein darin gelegen? Hörte das denn nie auf, im Leben von Frauen und Männern? »In wen?«, fragte sie.

Alexander Bergmann zuckte mit den Schultern. »Sie wollte es mir nicht sagen. Ich vermute, es war ein wesentlich jüngerer Mann. Sein Interesse wird ihr geschmeichelt haben. Und er hat das ausgenutzt.«

»Und dann hat er sie umgebracht?«

»Mir fällt ansonsten niemand ein.«

»Was wissen Sie über ihn?«

»Nichts. Ich weiß nur, dass sie ihn seit Monaten beschenkt hat.«

»Das hat sie Ihnen erzählt?«

Alexander Bergmann wand sich. »Wir hatten Streit, meine Mutter und ich«, sagte er schließlich. »Ich wollte mir Geld von ihr leihen, für die Firma, immerhin für unseren Familienbetrieb. Aber sie wollte mir plötzlich nichts mehr geben. Sie sagte, sie müsse endlich an sich denken. Und dass sie gar nicht mehr viel hätte. Ich konnte mir das nicht vorstellen, denn meine Mutter war wohlhabend. Sie meinte, sie wolle jetzt leben. Sie würde ab jetzt alles für sich selbst ausgeben. Ich habe das nicht verstanden. Und auf sie eingeredet. Sie blieb dabei. Für wen hätte sie plötzlich so viel Geld ausgeben sollen, wenn nicht für einen anderen Menschen?«

»Vielleicht hat sie es im Casino verspielt.«

»Hatte ich mir auch erst überlegt. Aber sie bestritt das. Sie war, was Geld betrifft, sehr rational. Sie ging zwar gern ins Casino, setzte sich aber immer ein klares Limit, das sie nie überschritt. Und sie gewann sogar öfter.«

»Vielleicht war es neuerdings anders?«

»Nein. Ich kenne einen der Croupiers aus meiner Kindheit. Seine Eltern hatten den Strandkorbverleih, an dem meine Eltern ihren Jahreskorb mieteten. Wir waren Freunde, mehrere Sommer lang. Er hat mir erzählt, dass er meine Mutter öfter sieht und sich freut, dass sie so häufig Glück hat. Und dass sie öfter einen jüngeren Mann an ihrer Seite hat, den sie einlädt. Das hat er mir auch erzählt.«

»Wer könnte das sein?«

»Das sollen Sie herausfinden.«

Ein Wohnmobil mit Bielefelder Kennzeichen fuhr auf den Parkplatz. Ein älteres Paar stieg aus. Der Mann streckte sich. Die Frau holte zwei Klappstühle aus dem Wohnbereich und klappte sie auf dem Asphalt auf, danach eine Thermoskanne, eine Tupperdose – jeder Handgriff saß. Der Mann löste einen Parkschein. Danach setzten sich die beiden und begannen zu essen und zu trinken. Dabei sprachen sie kein Wort. Kauend sahen sie zu Nina und Alexander Bergmann her.

»Lassen Sie uns lieber ins Auto setzen«, sagte Nina und überlegte angestrengt, wie sie das Thema Honorar noch anbringen könnte.

»Wenn dieser Typ meine Mutter bestohlen hat, dann will ich das Geld zurück«, sagte Alexander Bergmann im Wagen. »Es gehört uns. Es kommt aus der Firma meines Vaters, und dort gehört es wieder hin. Es kann nicht sein, dass irgendein dahergelaufener Typ mein Erbe verprasst! Finden Sie ihn. Und mein Geld. Ich gebe Ihnen fünfhundert Euro pro Tag. Aber nicht lange. Ich bin Geschäftsmann. Ich möchte Ergebnisse sehen. Bald.«

Er holte aus der Innentasche seines Jacketts ein Bündel Scheine hervor, das mit einer goldenen Klammer umfasst war. Er nahm die Klammer ab und reichte Nina die Scheine.

»Ich gebe Ihnen eine Woche Zeit. Das muss reichen. Die Hälfte des Honorars bekommen Sie heute, den Rest, wenn Sie herausgefunden haben, was ich wissen will.«

Fünfhundert Euro am Tag, dachte Nina, siebenmal fünfhundert. Sie hielt jetzt schon fast zweitausend Euro in der Hand. Sie hatte den Auftrag!

Sie bedankte und verabschiedete sich, dann stieg sie aus.

Was sie alles noch hätte fragen sollen, fiel ihr erst ein, als Alexander Bergmann längst weggefahren war.

***

Nach der weiteren gemeinsamen Nacht hatte Romy ihn so weit. Er bot ihr an, das Geld, das er bei ihrer Mutter verdiente, *mit ihr zu teilen. Er wollte nicht, dass sie ihr Vorhaben umsetzte, sich in irgendeiner Kneipe für sieben Euro die Stunde zu verdingen. Er wollte nicht, dass sie weiterhin in diesem Anbau hauste. Er wollte, dass sie mit ihm lebte.*

Pasquale streichelte über die Narbe an ihrer Schulter, als er versprach, dass er immer gut zu ihr sein werde.

Sie verabredeten, dass er künftig nur heimlich zu ihr kommen durfte, damit es, falls ihr Exmann Romy eines Tages aufspürte, nicht gefährlich für sie und ihn würde.

Noch am selben Nachmittag brachte er Romy zum Beweis, dass er es ehrlich meinte, eine größere Menge Bargeld. Es waren mehr als eintausend Euro. Romy zierte sich ein bisschen, das Geld anzunehmen. Er könne aus der Frau (von diesem Tag an nannte er Elisabeth Bergmann nur noch die Frau*) noch mehr Geld herausholen, schlug er vor. Aber bloß, wenn Romy nichts dagegen habe.*

»Wie viel ist denn aus ihr rauszuholen?«, fragte Romy so unbedarft wie möglich.

»Viel«, antwortete Pasquale. »Die Frau will ihr Leben genießen, bevor sie eines Tages ihr ganzes Geld ihrem einzigen Sohn vererbt, den sie ständig anpumpt und auf den sie nicht gut zu sprechen ist.«

In diesem Moment klingelte Pasquales Handy. Er sah auf die Nummer auf dem Display und dann verunsichert zu Romy.

Sie nickte ihm ermutigend zu.

Pasquale ging ran und hörte eine Weile zu.

»Heute Abend?«, fragte Pasquale und sah Romy fragend an. Sie nickte. »Ja, gut, dann sehen wir uns. Ja, wie immer«, beendete Pasquale das Telefonat. »Ich kann auch absagen und bei dir bleiben«, sagte er und klang, als würde er darum bitten.

Romy schüttelte den Kopf. »Geh nur. Sie darf nicht misstrauisch werden.«

***

»Na, wie ist es gelaufen?«, fragte Katharina, als sie außer Atem das Grundstück betrat. Sie joggte beinahe täglich um die Außenalster. Ihr Körper war dünn, kein Gramm Fett.

»Gut, glaube ich«, sagte Alexander, während er die Garage mit der Fernbedienung schloss. Gemeinsam gingen sie ins Haus. Im Eingangsbereich standen pinkfarbene Pfingstrosen in einer hohen Bodenvase. Vom Flur aus konnte Alexander sehen, dass auch im Wohn- und Esszimmer üppige, frische Sträuße standen. Unwillkürlich musste er an die Kontostände denken, den privaten und den der Firma, und daran, dass dieser Tage die monatliche Überweisung für Katharina fällig war. Sie hatte unter der Bedingung in die Ehe mit ihm eingewilligt, dass sie ihr eigenes Konto bekam. Weil sie unabhängig sein wollte. Alexander fragte sich schon lange nicht mehr, wie man sich als Frau unabhängig fühlen konnte, wenn einem der Ehemann das Geld überwies. In beinahe allen Beziehungen, die er kannte, bestanden die Frauen auf eigene Konten, auch wenn sie nichts verdienten.

Katharina knackte den Verschluss einer Evian-Flasche und trank.

»Nun erzähl schon. Meinst du, die Kleine wird etwas herausfinden?«

Alexander zog sein Jackett aus und legte es über den Stuhl. Er lockerte die Krawatte. »Ich denke, ja«, sagte er, obwohl er nicht sicher war. »Sie ist aus Travemünde, sie kennt sich dort gut aus. Und sie stellt keine dummen Fragen.« Er nahm ein Glas, füllte es mit Leitungswasser und trank. Seine Frau sah ihm zu.

»Musstest du ihr nichts erzählen?«

Alexander sah seiner Frau in die Augen und schüttelte langsam den Kopf.

»Auch nicht von der Sache neulich?«, fragte Katharina nach.

Nein, auch nicht von der Sache. Der Sache, welche die Idee seiner Frau gewesen war und zum endgültigen Zerwürfnis zwischen ihm und seiner Mutter geführt hatte. Der Sache, die er gern rückgängig machen würde. Weniger, weil ihn das schlechte Gewissen plagte, sondern weil sie ihm zum Verhängnis werden könnte.

***

Die Scheine fühlten sich so sauber an, als hätte noch niemand damit bezahlt. Und doch haftete etwas daran, das Nina beunruhigte. Sie zählte das Geld immer wieder durch. Fast zweitausend Euro hatte Alexander Bergmann einfach so aus der Jackentasche gezogen und ihr übergeben. Ohne eine schriftliche Vereinbarung, ohne Quittung. Und dabei schien er selbst unter hohem finanziellem Druck zu stehen. Kam es Nina nur so vor, oder interessierte sich ihr Auftraggeber weniger dafür, ob und wer seine Mutter vom Balkon gestoßen hatte, als dafür, ob derjenige im Besitz des Geldes war, das fehlte?

Nina hätte Alexander Bergmann noch so einiges fragen müssen. Weshalb und seit wann sein Verhältnis zur Mutter nicht mehr gut war. Ob es vielleicht erst zum Zerwürfnis gekommen war, seitdem Frau Bergmann vermeintlich ein Verhältnis mit einem jüngeren Mann hatte. Seit ihr Sohn vermutete, dass sie an ihren jungen Freund ihr Vermögen verschleuderte.

Konnte Elisabeth Bergmann mit ihrem Vermögen nicht machen, was sie wollte? Sie war doch im vollen Besitz ihrer geistigen Kräfte gewesen. Dabei hatte Nina Verständnis für Alexander Bergmann, der sich daran störte, dass seine Mutter einfach begonnen hatte zu leben, wie es ihr beliebte. Mit einem anderen Menschen. Für einen fremden Menschen. Und ihren Sohn hatte das gefälligst nichts anzugehen. *Liebe ist die Bevorzugung eines Menschen,* hieß es. Nina war ebenfalls Einzelkind und könnte es wohl auch kaum ertragen, wenn jemand anders im Leben ihrer Mutter eine bevorzugte Stellung einnähme. Egal, wie gleichgültig sie ihr oft war, Nina wollte die Hauptperson im Leben ihrer Mutter sein.

Sie sah sich in ihrem Zimmer um und erinnerte sich, wie sie es gehasst hatte, wenn ihre Mutter es nach ihrem Auszug gelegentlich an fremde Menschen vermietete. Wie sie es vermieden hatte, ihre Mutter zu besuchen, wenn Fremde in *ihrem* Zimmer wohnten. Wie sie es doch einmal tat, weil die Mutter einen runden Geburtstag hatte und Nina dann auf dem Sofa schlafen musste und sich wie eine Fremde vorkam. Wie viele Leute hatten im Laufe der Jahre in ihrem Bett geschlafen, auf ihrem Stuhl gesessen, aus ihrem Fenster geschaut? Nun war sie in ihr altes Zimmer zurückgekehrt und kam sich wieder wie eine Fremde vor.

Nina musste hier raus. Sie steckte den kleinsten Schein ihres Honorars, fünfzig Euro, ins Portemonnaie und versteckte die restlichen Scheine in der Reisetasche im Schrank. Wenn sie die noch ausstehende Summe verdienen wollte, musste sie endlich anfangen, den Job zu machen, den sie angenommen hatte. Die Zeit lief.

Nina verließ leise ihr Zimmer und horchte an der Treppe, ob ihre Mutter in der Nähe war. Sie stieg die Stufen hinab und fand ihre Mutter auf dem Sofa vor, vertieft in eine Gerichtsshow, die im Privatfernsehen lief. Nina hasste es, dass ihre Mutter immer die Tür aufließ, ob sie fernsah, las oder schlief. Als wollte sie ihre Tochter ständig kontrollieren. Vermutlich waren deshalb auch die Feriengäste ausgeblieben, weil es unerträglich war, ständig unter Beobachtung zu stehen. Nina hoffte, ihre Mutter würde nicht aufsehen, wenn sie an der Tür zum Wohnzimmer vorbeischlich. Doch die Mutter sah auf. Nina tat so, als bemerkte sie den fragenden Blick nicht und zog schnell die Haustür hinter sich ins Schloss, was aus Versehen etwas laut geriet.

Den ganzen Weg über den Platz, an der Kirche und am Steinbrunnen mit den Bronzefiguren vorbei, dachte sie noch darüber nach, ob ihre Mutter annehmen könnte, dass sie die Tür absichtlich zugeschlagen hätte. Ihre Mutter war gut darin, Nina Schuldgefühle zu suggerieren. Dazu musste sie gar nichts sagen.

Das war schon so gewesen, als Nina noch ein Kind war. Der demonstrative Blick der Mutter auf die Uhr, wenn Nina etwas zu spät nach Hause kam, der vorwurfsvolle Ausdruck, wenn Nina beim Spielen im Freien schmutzig geworden war. Später die Gewissheit, dass die Mutter erst würde schlafen können, wenn Nina vom Surfen und hinterher der Party mit Freunden am Strand wieder zurück war. Wenn Nina damals nachts leise die Tür aufschloss, saß die Mutter im Nachthemd im halbdunklen Wohnzimmer bei offener Tür zum Flur, erhob sich und ging ohne ein Wort ins Bett.

Irgendwann hatte es dann begonnen. Irgendwann hatte Nina angefangen zu klauen. Vielleicht weil Nina etwas tun musste, um sich wirklich schuldig zu fühlen. Nur Kleinigkeiten, niemals von Menschen, die sie kannte, immer nur anonym in Läden. Eine Süßigkeit hier, einen Lippenstift dort. Immer nur in Travemünde, wo sie und die Schuld zu Hause waren. In Hamburg wäre sie nie auf die Idee gekommen. Nun war Nina zurück.

Sie stand vor dem Schaufenster von Bijou Brigitte, das eine Verkäuferin gerade umdekorierte. Bis eben war der meiste Modeschmuck, der auslag, noch blau gewesen, jetzt wurde es eine bernsteinfarbene Auslage. Nina betrat den Laden. Ketten, Ringe, Armreifen, alles war nach Farben sortiert. Nur echtes Silber und Vergoldetes lag hinter Glas in Vitrinen.

Nina probierte einen Ring hier, einen Armreif dort. Die Verkäuferin war darauf konzentriert, einer alten Dame ein Ohrloch zu stechen. Danach war die kleine Enkelin dran, die sich nun ein Vorbild an der tapferen Oma nehmen sollte, die den kurzen Schmerz ohne mit der Wimper zu zucken über sich hatte ergehen lassen und nun einen Ohrstecker mit einer Pfauenfeder im blutenden Ohrläppchen trug. Nina steckte sich einen Ring mit schwarzen Strasssteinen auf den Finger und legte ihn zurück. Sie probierte den nächsten, nahm dann den vorherigen und umschloss ihn in ihrer Hand, während sie den anderen vom Finger nahm und demonstrativ zurücklegte. Sie schlenderte zu den Ketten an der Wand, betrachtete die eine und die andere. Es war, als würde der Ring in ihrer Hand zu glühen beginnen.

»Nichts gefunden?«, fragte die Verkäuferin an Nina gerichtet, während sie dem kleinem Mädchen, das sich tapfer eine Träne aus dem Auge wischte, einen rosa Glitzerstein am Ohrläppchen befestigte.

»Leider nicht«, antwortete Nina und verließ betont langsam das Geschäft. Draußen schien ihr grell die Sonne ins Gesicht. Ein paar Möwen kreischten. Nina bog eilig in die Gasse, die von der Vorderreihe weg in die Kurgartenstraße führte. Den Ring in ihrer Hand ließ sie in ihre Tasche gleiten. Es ging ihr gut, seit sie ihn genommen hatte. Glaubte sie.

***

Jan stand am Ende der Gasse zwischen PM-Kneipe und Rollator-Laden. Er beobachtete Nina, als sie die Auslagen im Schaufenster des noblen Secondhand-Geschäftes in der Kurgartenstraße betrachtete. Mehrmals strich sie ihre langen blonden Locken nach hinten, die ihr der Wind kurz darauf wieder ins Gesicht wehte. Sie tat es mit dieser Geste, die Jan an ihr liebte, seit er sie kannte. Wie sie dort stand, sah sie so aus wie das Mädchen, in das er sich vor etwa fünfzehn Jahren verliebt hatte, in das er jetzt wieder verliebt war.

Jan hoffte, dass Nina ebenso fühlte, doch er spürte, wie sehr sie sich dagegen sträubte. Er fragte sich ständig, weshalb sie das tat. Spielte sie mit ihm? Nur wenn sie miteinander schliefen, dann spielte Nina nicht. Einmal hatte sie danach gesagt: »Es ist, als wärst du nie aus meinem Leben verschwunden gewesen.«

Jan hatte geantwortet: »Ich war immer in deiner Nähe.«

Nina hatte ihn geküsst und war mit ihrem Kopf an seinem Hals eingeschlafen. Jan hatte noch lange wach gelegen und über das Gesagte nachgedacht. Er fürchtete den Morgen, an dem Nina ihm vielleicht wieder fremd vorkommen würde. So wie vorhin auf dem Weg ins Büro, als er sah, wie sie in der Vorderreihe das Modeschmuckgeschäft betrat. Als er beobachtete, wie sie einen Ring stahl. Jan hatte sich hinter einem Postkartenständer des nebenan liegenden Buchladens verborgen, als sie den Laden verließ. Dann folgte er ihr in sicherer Entfernung. Er sah, wie sie den gestohlenen Ring in ihre Tasche gleiten ließ.

Nun betrat sie den Secondhand-Laden. Jan befürchtete, dass sie auch dort stehlen wollte. Jeder Diebstahl wurde heutzutage zur Anzeige gebracht. Gleichgültig, ob es sich um einen Ring für zehn Euro oder eine Secondhand-Tasche von Gucci für Hunderte Euro handelte. Weshalb stahl sie? Hatte sie das Geld in Frau Bergmanns Wohnung vielleicht doch genommen?

Er betrat den Laden, als hätte er keine Ahnung, dass Nina auch darin war. Nina probierte gerade eine kurze Jeansjacke an und war vertieft in ein Gespräch mit der Verkäuferin. Diese berichtete aufgeregt von dem mysteriösen Einbruch, den es hier vor einigen Nächten gegeben hatte. Gegen drei Uhr, wie die Polizei inzwischen vermutete, weil ein Anwohner durch das

Scheppern eines Metalltores aus dem Schlaf gerissen worden war. Die Einbrecher hatten nur durch ein enges rückwärtiges Bürofenster, das sie zunächst aufbohren und aufhebeln mussten, in den Laden gelangen können. Dieses Fenster im typischen Travemünder Altbaustil war so schmal, dass ein Erwachsener kaum hindurchpasst. Außerdem hatten sie beim Ausschalten der Alarmanlage versehentlich die Kabel mehrerer Lampen durchtrennt und mussten von da an ihre Tat im Dunkeln begehen.

Es gibt es also doch, das Verbrechen in Travemünde, dachte Jan mit einem Anflug von Sarkasmus. Sollten die Einbrecher gefasst werden, könnte er als Anwalt sie eventuell vor Gericht verteidigen. Er könnte auf Unzurechnungsfähigkeit plädieren, denn die Diebe schienen ziemlich dumm zu sein. So hatten sie eine Menge hochwertiger Taschen und Kleider geklaut, doch von den edelsten Schuhen von Armani, Tod's oder Jil Sander immer nur den linken mitgenommen. Das ganze Zeug mussten sie einzeln aus dem schmalen Fenster hieven, weil keine größeren Kartons oder Taschen hindurchpassten. Die Verkäuferin verstand nicht, dass niemand gesehen haben wollte, wie in der Nacht mehrmals hintereinander Männer mit Armen voller Klamotten und Schuhen durch die Kurgartenstraße rannten.

Nina legte der Frau die Jeansjacke über den Arm.

»Nehme ich.«

Die Verkäuferin eilte zur Kasse.

»Ich bin gleich bei Ihnen«, rief sie Jan zu, der in der Herren-Abteilung stand.

»Was machst du denn hier?«, fragte Nina überrascht.

Sie zog einen Fünfzig-Euro-Schein aus der Tasche und legte ihn auf den Tisch.

»Auf dich aufpassen«, antwortete Jan.

Die Verkäuferin legte die Jacke in eine pinkfarbene Papiertüte.

»Man hat ja nun auch ständig Angst, dass die Einbrecher wiederkommen. Ich meine, was wollen die mit diesen ganzen einzelnen Schuhen anfangen? An Einbeinige verkaufen? Ich möchte nicht allein hier im Laden sein, wenn die wiederkommen …«

Nina nahm dankend die Tüte entgegen und verabschiedete sich.

»Ich glaube nicht, dass die wiederkommen«, sagte Jan im Gehen, »die haben sich ziemlich blöd angestellt, die werden nicht noch mal ein solches Risiko eingehen.«

Die Verkäuferin nickte dankbar.

»Spionierst du mir nach?«, empfing Nina Jan auf der Straße.

»Quatsch!«, entgegnete er eilig. »Die haben hier auch gute Sachen für Männer, da schaue ich manchmal. Aber ich freue mich, dass ich dich getroffen habe. Lass uns irgendwo hingehen, wo es schön ist, wo wir bei dem Wetter draußen sitzen können. Ich lade dich zum Essen ein.«

»Das brauchst du nicht.«

»Ja, ich weiß. Die Terrasse vom Columbia würde ich gut finden.«

»Fisherman's«, sagte Nina.

Auf dem Weg zum Fisherman's redeten sie darüber, dass der Einbruch im Secondhand in der Nacht stattgefunden hatte, als sie in der PM-Kneipe waren. Hatten Nina und Jan die Kneipe verlassen, gerade als sich der Einbruch ereignete? Hätten sie etwas bemerken können? So betrunken, wie sie waren?

Bei Fisherman's waren zu Ninas Enttäuschung fast alle Tische besetzt. Sie setzte sich mit Jan an einen der gerade frei gewordenen Einzeltische, der auf dem langen Steg zur Trave stand. Während Jan umständlich die Karte studierte, wusste Nina bereits, was sie essen würde: den Strandteller mit zwei Sorten fangfrischem Fisch, zwei Sorten Kartoffelsalat und Salatbeilage für elf Euro neunzig. Sie empfahl Jan, es ihr nachzumachen, und hoffte, dass er tatsächlich die Rechnung übernahm, denn mit den fünfzig Euro, die sie mitgenommen hatte, hatte sie ihre Jacke bezahlt.

Nina räumte beinahe die gesamte Tasche auf dem Tisch aus, bis sie endlich ihre Zigaretten und ihr Feuerzeug fand. Dabei förderte sie auch den Ring aus dem Modeschmuckladen zutage. Sie steckte ihn auf ihren Ringfinger. Sie zündete sich eine Zigarette an und räumte die Tasche wieder ein. Die Kellnerin kam mit den Getränken und zwei Tellerchen.

»Ein Gruß aus der Küche.«

In zwei kleinen Schalen war Krabbensalat angerichtet.

Nina betrachtete ihren Ring.

»Weißt du schon, wann die Testamentseröffnung sein wird?«

»Direkt nach der Seebestattung. Am siebten Juli.«

Das Essen kam und sah gut aus, wie immer.

Nina drückte die Zigarette aus und nahm das Fischbesteck. Sie schnitt mit dem Messer die große Erdbeere auf ihrem Salat klein.

Zwei Spatzen platzierten sich auf dem Geländer des Steges, offenbar in der Hoffnung, dass etwas für sie abfallen werde.

»Ich will dabei sein«, sagte Nina.

»Wobei?«

»Bei der Testamentseröffnung.«

»Das geht nicht!«

Nina warf den Spatzen ein Stück Kartoffel auf den Steg. Die Vögel stritten sich darum, bis schließlich einer mit dem Futter davonflog.

»Doch, das geht!«, sagte Nina. »Ich bin deine Mitarbeiterin. Schon vergessen?«

Jan hielt ihrem Blick stand. »Einen schönen Ring trägst du da. Ist der neu?«

Nina sah irritiert auf den Ring an ihrer Hand und ärgerte sich, dass sie errötete.

***

»Macht es dir wirklich nichts aus?«, fragte Pasquale jetzt häufig, wenn er von »der Frau« zu Romy kam.

»Du tust es doch für uns«, antwortete Romy und achtete darauf, dass sie dabei ein wenig niedergeschlagen wirkte. Es machte ihr etwas aus. Es bereitete ihr diebische Freude, dass sie Pasquale zu ihrer Mutter schickte, der er Gesellschaft leisten *musste, um dafür* beschenkt *zu werden.*

Pasquale lieferte das Geld bei Romy ab. Geld, das die Frau im Casino gewonnen oder extra für ihn von der Bank abgehoben hatte. Pasquale forderte inzwischen immer mehr. So erzählte er der Frau eines

Tages etwas von einem Verlag, den er gründen wollte, für den er Kapital bräuchte. Oder er erzählte, dass er sich die Zähne machen lassen wollte, wofür er ebenfalls Geld bräuchte. Elisabeth Bergmann schenkte es ihm. Jedes Mal. Pasquale kam damit zu Romy, stolz, wenn es ihm wieder mal gelungen war, die Alte auszunehmen. Es sei einfach, behauptete er. Romy musste dabei an den Kater denken, den sie mal besessen hatte und der hin und wieder eine Maus anschleppte – nicht, um sie selbst zu fressen, sondern um sie als Geschenk vor die Tür seiner Besitzerin zu legen.

Manchmal wollte Pasquale nicht mehr zu der Alten *gehen (irgendwann nannte er Elisabeth Bergmann nur noch »die Alte«). Dann zählte er das Geld und fragte Romy, ob es nicht bereits für den gemeinsamen Neuanfang reiche. Meist begann er mit diesen Tiraden, nachdem Romy und er gerade miteinander geschlafen hatten. Romy vertröstete ihn dann und malte ihm die gemeinsame Zukunft in schönsten Farben aus. Irgendwann war Pasquale trotzdem fest entschlossen, mit* der Alten *Schluss zu machen. Romy fragte ihn, wie er sich das vorstelle. Er könne doch die Frau nach all dem, was er von ihr bekommen, was er von ihr genommen habe, nicht so einfach abservieren. Das würde sie sich sicherlich nicht gefallen lassen.*

»Dann müssen wir eben von einem Tag auf den anderen von hier abhauen. Für immer. Meine kleine Wohnung kann ich auch später von woanders aus über einen Makler verkaufen«, sagte Pasquale entschlossen.

»Oder du hältst noch ein bisschen durch«, erwiderte Romy.

»Ich kann das nicht mehr! Was wir haben, reicht doch. Außerdem hat mir die Alte erzählt, dass sie Stress mit ihrem Sohn hat. Der wollte sie mal wieder anpumpen und ist dahintergekommen, dass sie sein Erbe verballert.« Pasquale lachte auf. »Absurd, oder? Der hat Stress, wenn er sich ab und zu was leihen will. Und mir schenkt sie alles. Die hatten wohl einen solchen Streit, dass sie angekündigt hat, er werde auch nach ihrem Tod gar nichts von ihr bekommen, wenn er nicht aufhöre, hinter ihrem Geld her zu sein. Sie habe allerdings die Absicht, noch zwanzig Jahre zu leben. Der Sohn hat dann angekündigt herauszufinden, an wen sie ihr Geld verschleudere. Weshalb sie kaum noch etwas habe.«

»Weiß er inzwischen etwas über dich?«

Pasquale schüttelte den Kopf. »Sie hat dann gemeint, sie habe noch genug, was sie zu Geld machen könne, die Wohnungen im Maritim, das Segelboot und und. Der Sohn hat daraufhin gedroht, sie entmündigen zu lassen. Da hat sie ihn rausgeworfen.«

Romy beunruhigte das.

»Sie will ihr Testament ändern«, sagte Pasquale amüsiert.

»Zu deinen Gunsten?«

»Keine Ahnung.«

»Du darfst auf keinen Fall irgendwo mit deinem Namen erwähnt werden. Sie sollte dir lieber jetzt schon das Boot, und was da noch so alles ist, vermachen. Als Schenkungen. Ganz schnell! Der Sohn wird nicht mehr lange zugucken.«

Pasquale quengelte: »Nein, es reicht doch. Sie will, dass ich bei ihr einziehe. Das kann ich nicht. Das halte ich nicht aus.«

Romy nahm Pasquale in den Arm. »Halte sie hin, nur noch ein bisschen. Mach ihr Hoffnungen. Bis wir es geschafft haben.«

Pasquale sah auf die Cartier an seinem Handgelenk, als sähe er sie zum ersten Mal. Er öffnete den Verschluss und legte die Uhr auf den Tisch, als könne er sie nicht mehr ertragen. »Nein! Lass uns aufhören!«

Romy überlegte fieberhaft. »Du hast so viel für uns erreicht. Wir sind knapp vor dem Ziel. Auf den letzten Metern aufzugeben, wäre dumm.« Sie nahm zärtlich Pasquales Gesicht in die Hände und sah ihm in die Augen. »Du musst das nicht machen, verstehst du. Das Geld wird auch so eine Weile reichen, und dann sehen wir weiter. Du schreibst wieder ein schönes Buch, und ich finde auch etwas, womit wir uns über Wasser halten können.«

Pasquale begann sie zu küssen. »Ich habe noch nie so viel für eine Frau empfunden wie für dich. Ich liebe dich. Geh nicht zu weit, denn dann bekomme ich Angst, ich finde nicht mehr zurück.«

Romy begann ihn auszuziehen. »Kann es zwischen einem Mann und einer Frau zu weit gehen? Du könntest ihr auch sagen, dass du über ihr Angebot, mit ihr zu leben, nachdenkst. Dass du dafür etwas Zeit brauchst, weil das eine schwerwiegende Entscheidung ist.«

Sie fasste ihm zärtlich in den Schritt und hauchte in sein Ohr: »Das würde ihr sicherlich gefallen, und sie hätte auch nicht das Gefühl, dass du wegen des Geldes mit ihr zusammen sein willst. Sie wird vielleicht Angst bekommen, du könntest dich zurückziehen. Mach dich ein biss *chen rar. Das wird sie anspornen, dir noch mehr Gutes zu tun. ›Mach dich rar, dann wirst du begehrt‹, hat meine Großmutter immer gesagt.«*

Pasquale stöhnte vor Erregung.

Romy lachte innerlich über das, was sie gesagt hatte. Meine Großmutter, welche Großmutter?

ACHT

Ihre Mutter brachte Nina auf die Idee, die Seebestattung zu beobachten, als sie sich darüber beklagte, dass sie keine Traueranzeige bekommen hatte. Dabei habe sie jahrzehntelang bei der alten Dame geputzt. Ihre Mutter hatte auch gehofft, dass sie zur heutigen Seebestattung eingeladen würde, auf das Schiff, auf das doch so einige Leute raufpassten. Nina schlug der Mutter vor, zum Hafen zu gehen, man werde sie dann sicherlich mit auf die Ausfahrt nehmen. Doch ihre Mutter wollte nirgendwo dabei sein, wozu man sie nicht eingeladen hatte. Dann griff sie sich in den Rücken. Nina füllte den restlichen Kaffee vom Morgen aus der Kaffeemaschine in eine Thermoskanne um, die sie der Mutter zu den Kreuzworträtseln und Sudoku-Heften auf den Tisch stellte. Dann zog sie sich im Flur die Schuhe an und steckte die Schlüssel für zwei Wohnungen im Maritim ein, die heute zu putzen waren. Ihr Leben in diesem Haus kam ihr plötzlich alt vor. Ninas Mutter war Mitte sechzig. Es gab Frauen, die waren in dem Alter noch jung. Ihre Mutter war alt.

Nina eilte hinaus. Sie nahm einen engen Privatweg zwischen zwei Häusern als Abkürzung zum Hafen. Niemand würde sich daran stören, sie war hier aufgewachsen, sie war immer noch eine von hier. Touristen durften sich das nicht erlauben. In den kleinen Gärten an den Altstadthäusern blühten Pfingstrosen und Lupinen. In einer gelben Hollywoodschaukel lag eine schwarze Katze. Auf dem Parkplatz für Wohnmobile frühstückten die ersten Paare vor ihren Wagen. Paare, die nach dem Eintritt ins Rentenalter noch mal on the road und jung sein wollten. Auch sie kamen Nina alt vor.

Wenn ihre Mutter recht hatte, dann hatte sie noch eine halbe Stunde Zeit, bis das Schiff zur Seebestattung auslief. Die »MS Luzia« lag nicht am gewohnten Platz im Hafen. Enttäuscht dachte Nina, dass sie zu spät oder ganz und gar zum falschen Zeitpunkt hier war. Sie war so gespannt gewesen, wer alles zur Seebestattung von Frau Bergmann kommen würde. Doch dann entdeckte sie Alexander Bergmann und dessen Frau, die sich bei ihm eingehakt hatte und einen kleinen Blumenstrauß in den Händen hielt. Beide waren in elegantes Schwarz gekleidet und blickten schweigend auf die Trave.

Nina verbarg sich hinter einer noch geschlossenen Fischbrötchenbude.

Die ersten Fischer waren von ihrer Fangfahrt zurückgekehrt und schuppten Fische, bevor sie sie ausnahmen. Möwen flogen kreischend um die Fischkutter herum. Mancher Fischer warf ihnen ab und zu etwas ins Wasser. Vereinzelte Spaziergänger blieben stehen und schnackten ein bisschen mit den Fischern übers Wetter, über die Fische und ob es sich heute Morgen gelohnt hatte. Ein alter Mann kam mit einem Fahrrad und kaufte einen Dorsch, der ihm flink in Papier und in einer Tüte verpackt wurde. Eine Fähre fuhr hinaus und brachte die kleinen Boote am Steg ins Dümpeln. Die Fischer stellten sich breitbeiniger hin, als ihre Boote gegen die Kanten der Stege schlugen.

Die Bergmanns wirkten in diesem Treiben wie ein Fremdkörper. Als von Weitem zu sehen war, dass die »MS Luzia« in den Travemünder Hafen einfuhr, gingen sie einen Schritt dichter ans Wasser, als könnten sie es kaum noch erwarten. Wo waren die beiden eigentlich, als Frau Bergmann vom Balkon stürzte? Wollte Alexander Bergmann mit seinem Auftrag vielleicht nur von sich ablenken? Dienten siebenmal fünfhundert Euro vielleicht nur dem Zweck, sich reinzuwaschen? Wenn er sich wirklich für den Tod seiner Mutter interessierte, dann würde er doch jemanden beauftragen, der professioneller war als Nina.

Nina musste ihn nachher all das fragen. Nach der Seebestattung. Oder nach der Testamentseröffnung. Der Kapitän der »MS Luzia« begrüßte die Bergmanns. Die einzigen Trauergäste.

Das bleibt also von einem langen Leben, dachte Nina: eine Urne, in der Asche ist. Eine Bestattung, zu der nur zwei Menschen kommen.

Plötzlich drängte sich ihr das Bild auf, wie Alexander Bergmann mit seiner Mutter streitet. Wie die alte Dame vor ihm auf den Balkon flieht. Und wie sie springt. Oder hatte er sie gestoßen? Über die Brüstung? Das alles ergab keinen Sinn.

Die »MS Luzia« legte ab. Nina wäre gern mit an Bord. Sie hatte noch nie eine Seebestattung miterlebt. Ihren Vater hatte man nie gefunden. Sicherlich hätte er sich eine Seebestattung gewünscht. Auf dem Grund des Meeres, auf das er so häufig hinausgefahren war. Dort, wo kein Fischkutter mit Schleppnetzen fischen durfte, dort, wo die großen Steine lagen und das Fortspülen der Urne verhinderten.

Manchmal hatte Nina das Bild der gesichtslosen Leiche ihres Vaters, die unter der Wasseroberfläche der Ostsee trudelt, vor Augen. Dieses Bild war der Grund, weshalb sie in der Ostsee nicht weit hinausschwimmen konnte. Sowie Nina nicht mehr auf den Meeresgrund sehen konnte, kehrte sie zum Ufer zurück. Wenn sie früher mit Jan weit hinaus surfte, sprang sie niemals vom Brett ins Wasser. Wenn sie das Segel nicht mehr aufgerichtet bekam, wartete sie mit angezogenen Beinen auf dem Brett, bis sie wieder Kraft hatte. Wenn jemand nachfragte, warum sie sich nicht mehr ins tiefe Wasser wagte, erklärte Nina es damit, dass sie, seit sie den Film »Der weiße Hai« gesehen habe, nicht mehr weit hinausschwimmen könne. Sie hätte immer ihre Beine aus der Perspektive des Hais vor Augen. Der Film wäre schuld. Die meisten amüsierte diese Erklärung, viele verstanden sie, denn Nina war nicht die Einzige, der es nach dem Film so erging.

Neunzig Minuten würde die Ausfahrt der »MS Luzia« dauern. Nina beschloss, solange die kleine Wohnung von Frau Winter zu putzen. Die junge Frau aus Hamburg hatte die neunzehn Quadratmeter ehemaligen Wirtschaftsraum als Geldanlage gekauft und bekam das Apartment regelmäßig übers Internet vermietet. Heute war wieder mal Abreise, das Büdchen musste sauber sein, falls bald die nächsten Mieter kamen.

»Moin!«, grüßte der Betreiber, der seinen Fischbrötchenstand aufschloss.

Nina trat neben der Bude hervor und grüßte zurück. Dabei bemerkte sie, dass der Gruß gar nicht ihr gegolten hatte, sondern einem Mann und einer Frau, die sich auf der anderen Seite aufhielten und offenbar ebenfalls die Ausfahrt der »MS Luzia« beobachteten. Beide eilten in Richtung Stadt davon. Gab es noch mehr Leute, die wie Ninas Mutter gern an der Seebestattung teilgenommen hätten?

Nina war sich sicher, den Mann schon mal gesehen zu haben, und ging ihnen nach. Das Paar bog in die Gasse ein, die von der Vorderreihe in die Kurgartenstraße führte.

Bis zur Testamentseröffnung verblieben ihr etwa drei Stunden, weil die Bergmanns vorher noch einen Happen essen gehen wollten. Das wusste sie von Jan.

Sie wartete in sicherem Abstand, bis das Paar am Ende der menschenleeren Gasse war. Bevor sie abbogen, griff der Mann nach der Hand der Frau an seiner Seite. Sie zog sie zurück und sah sich um. Sie gingen durch die dichte und dunkle Allee in Richtung Maritim. Weshalb waren sie nicht in der Vorderreihe geblieben? Dies war ein Umweg. Wieder nahm der Mann ihre Hand. Die Frau zog sie weg, beschleunigte ihre Schritte und ging auf den Parkplatz zu, der auf dem Weg zum alten Leuchtturm lag. Der Mann rief ihr etwas nach, das Nina nicht verstand. Die Frau winkte ab und setzte sich in ihr Auto. Ein altes Mercedes SL 280 Cabrio. Ein Auto, das nur einer hier in Travemünde gefahren hatte. Frau Bergmann.

Die Frau, die es jetzt fuhr, warf dem Mann auf dem Gehweg einen Handkuss durch die Windschutzscheibe zu, als sie den Parkplatz verließ. Sie fuhr, als hätte sie es eilig, wegzukommen. Als die Frau an Nina vorbeifuhr, kam es Nina vor, als begegneten sich ihre Blicke. Auf dem Nummernschild stand kein HL mehr für Lübeck, sondern ein B. Der Mann stand da und sah dem Auto noch nach, als es nicht mehr zu sehen war. Nina folgte ihm, als er schließlich in Richtung Maritim ging. Sie hatte dasselbe Ziel. Nicht nur, weil sie dort putzen musste.

***

Romys Plan ging auf. Pasquale machte sich bei Elisabeth Bergmann rar, angeblich weil er die Heimlichtuerei mit ihr satthätte und um über ein gemeinsames Leben mit ihr nachzudenken. Elisabeth Bergmann bekam es mit der Angst, dass seine Entscheidung negativ ausfallen könnte.

Pasquale schilderte Romy die Szenen, die sich zwischen der Frau und ihm seitdem abspielten. Dass Elisabeth Bergmann, die bis dato so souverän damit umgegangen war, heimlich einen dreißig Jahre jüngeren Liebhaber zu haben, neuerdings fast pausenlos versuchte, ihn am Telefon zu erreichen. Dass sie unverhofft vor der Tür seines Apartments stand. Neulich habe sie sogar einen Fuß in seine Tür gestellt, als er sie abwimmeln wollte. Sie mache ihm immer neue verlockende Angebote. Die elegante Frau Bergmann sei nicht mehr elegant, seit sie Liebeskummer hatte. Sie sei alt, meinte Pasquale. Sie ist alt, dachte Romy.

Ihre Mutter dazu zu bringen, sich selbst zu demütigen, empfand Romy als befriedigende Rache. Rache dafür, dass Romy sich im Alter von wenigen Monaten nicht hatte wehren können. Als sie von ihrer Mutter dorthin gebracht wurde, wohin sie nicht wollte. Pasquale war ihre Waffe in diesem Rachefeldzug.

Elisabeth Bergmann verlor nicht nur ihre Eleganz, sondern auch ihren Stolz. Dem Flehen, Pasquale solle sich für sie entscheiden, folgten Verdächtigungen. Es gab Momente, in denen Pasquale diese Aufregung um seine Person genoss.

Schließlich riet Romy ihm, ihrer Mutter mitzuteilen, dass er mit ihr Schluss mache. Elisabeth Bergmann verlor völlig die Fassung. Verzweifelt versuchte sie, Pasquale zum Bleiben zu überreden. Doch wie jemanden zum Bleiben überreden, der offensichtlich gehen will? Elisabeth Bergmanns Mittel waren nicht mehr die einer jungen Frau, also versuchte sie es mit anderen Anreizen. Sie bot Pasquale weitere Schenkungen an. Pasquale ließ sich lange bitten und willigte schließlich ein. Bei all dem instruierte Romy ihn. Manchmal fragte sie sich, ob sie zu weit ging, ob ihre Mutter Verdacht schöpfte. Doch Elisabeth Bergmann war nur glücklich, dass sie ihren jungen Freund zurückerobert hatte. Und Pasquale verstand es, ihr das Gefühl zu geben, dass sie ihn nur ganz für sich hatte.

Die Aussicht, mit Romy bald an einem fremden Ort zusammenzu-leben und sich mit ihr gemeinsam nie wieder Sorgen ums Geld machen zu müssen, ließ ihn durchhalten.

Romy deponierte sämtliche Einnahmen, die Pasquale bei ihrer Mut-ter ergatterte, in einem Versteck. Denn sie war die Frau, die niemand hier kannte und die niemand mit Pasquale in Verbindung brachte. Als Romy allerdings von ihm verlangte, dass sie sich vorläufig zur Sicherheit nur noch selten sahen, bis die Sache vorbei wäre, machte ihm das zu schaffen. Entgegen der Abmachung besuchte er sie oft. Manchmal wurde Romy deshalb böse und schickte ihn weg. Manchmal verzieh sie ihm seine Sehnsucht.

Beide Frauen zerrten an Pasquales Nerven. Die eine, weil er sich zunehmend für das, was er tat, verachtete. Die andere, weil er sie so sehr begehrte. Elisabeth Bergmann begehrte ihn so sehr, dass sie jegliche Selbstachtung verlor. Er wiederum begehrte Romy so sehr, dass er bereitwillig alles tat und auch für richtig befand, was sie von ihm verlangte. Die eine Frau gab ihm das Gefühl von Macht. Die andere hatte Macht über ihn. Wenn Romy ihn mal wieder abwies, behandelte er Elisabeth Bergmann schlecht. War Romy gut zu ihm, behandelte er Elisabeth Bergmann ebenfalls schlecht, denn ihre Nähe war ihm dann noch weniger erträglich.

Wenn er mit der alten Frau schlief, dachte er dabei an Romy und stellte sich vor, mit ihr Dinge zu tun, die er zuvor noch nicht zu tun gewagt hatte. Er müsste unbedingt auch Romy gegenüber entschiedener werden! Er tat Elisabeth Bergmann weh. Sie ließ es sich gefallen.

Häufig führte sie ihn aus, zum Essen ins Gourmetrestaurant Belle Epoque oder ins A-ROSA. Sie fuhren nach Lübeck oder Hamburg zum Shoppen. Manchmal versuchte Elisabeth Bergmann, sich bei Pasquale einzuhaken oder gar seine Hand zu nehmen. Ein Blick von ihm genügte, und sie unterließ es. Die Frau dorthin zu bringen, wohin sie niemals gewollt hatte, verlieh Pasquale nicht nur das Gefühl von Macht, sondern er hatte sich auch noch nie so souverän gefühlt, so intelligent und so männlich. Er besaß inzwischen auch das Auto der alten Frau, und es bereitete ihm Freude, wenn er damit Romy aufsuchte und sie sich vorstellten, in genau diesem Auto eines Tages mit beinahe dem gesamten Vermögen von Elisabeth Bergmann zu verschwinden.

Pasquale verlieh seinen Forderungen Nachdruck, dass er auch ihre Aktien, Depots und Goldbarren verwalten wolle, dabei argumentierte er weltmännisch mit der Banken- und Wirtschaftskrise und zeigte Vorteile eines jetzigen Verkaufes auf. Wenn Elisabeth Bergmann dann immer noch zögerte, liebte er sie so, wie sie es mochte.

Bis auf die Wohnung im Maritim, in der sie wohnte, ließ er ihr nur die Rente, die sie aus dem Unternehmen, das nun ihrem Sohn gehörte, überwiesen bekam. Als Elisabeth Bergmann ihm schließlich den Schlüs-

sel für das Segelboot übergab, das im Travemünder Hafen lag, hatte Pasquale alles bekommen, was er wollte. Alles, was Romy bekommen wollte.

***

Pasquale Schöne stieg die Stufen zum Eingang der Maritim-Residenz hinauf. Er war außer Atem, obwohl er langsam gegangen war. Er blieb stehen und sah auf das kleine Rasenstück zwischen Schwimmbad und Bretterzaun. Eine Frau, die im Bikini auf einer weißen Plastikliege lag, öffnete die Augen und erwiderte seinen Blick. Pasquale drehte sich weg. Dabei entdeckte er aus dem Augenwinkel die junge Frau, die vorhin von der Fischbude aus beobachtet hatte, wie die »MS Luzia« mit der Urne Elisabeth Bergmanns hinausgefahren war. Sie ging nun ebenfalls über den Parkplatz auf den Eingang der Maritim-Residenz zu. Folgte sie ihm?

Pasquale nahm eilig die letzten Stufen. Auf der Terrasse der Lobby des Hotels stand eine Gruppe Männer in Anzügen, die sich fröhlich unterhielten und rauchten. In Pasquale stieg Wut auf. Romy hatte ihn mal wieder abgespeist. Dabei hatte er doch alles getan. Alles. Sogar mehr, als Romy gewollt hatte. Pasquale war es doch gewesen, der alle Probleme ein für alle Mal gelöst hatte.

Er grüßte knapp den Pförtner und eilte auf die Fahrstühle zu. Der Pförtner öffnete den gläsernen Durchgang, sodass Pasquale es nicht selbst mit der Chipkarte tun musste. Für das üblicherweise gerufene Danke fehlte ihm die Kraft. Er hielt seine Karte an den Knopf, um einen der Fahrstühle zu rufen. Es dauerte. Atmen, dachte er, atmen. Manchmal hatte er das Gefühl, dass er lebte, ohne zu atmen. Er sah die junge Frau ins Haus kommen, den Pförtner grüßen und zielgerichtet auf ihn zugehen. Der Pförtner öffnete auch ihr die Glastür. Ein Fahrstuhl kam. Pasquale drückte eilig auf die Fünfzehn. Doch der Fahrstuhl war alt, es dauerte zu lange, bis sich die Türen schlossen, sodass die Frau noch dazusteigen konnte. Pasquale wich ihrem Blick aus. Sie hielt ihm die Hand hin.

»Mein Name ist Nina Wagner. Ich bin Ermittlerin und würde Ihnen gern ein paar Fragen stellen.«

Fünfzehn. Der Fahrstuhl hielt. Pasquale trat hinaus, er ging, als wäre er nicht gemeint, und wusste, dass es ein Fehler war. Die junge Frau folgte ihm.

Pasquale blieb abrupt stehen und drehte sich zu ihr um. »Und?«

»Ich würde gern mit Ihnen reden. Sie kannten offenbar Frau Bergmann ...«

Atmen, dachte Pasquale, atmen. »Nur so, wie man sich hier kennt.«

»Weshalb waren Sie dann vor Ort, als sie bestattet wurde?«

Pasquale wandte sich ab und ging auf die Tür seines Apartments zu. Nina Wagner folgte ihm.

»Wann haben Sie Frau Bergmann das letzte Mal gesehen?«

Da war es wieder, das Bild. Eben stand die Frau noch da, auf dem Balkon, in ihrem weißen Bademantel. Mit diesem verächtlichen Zug um den Mund. Dann war sie plötzlich weg. Der Balkon leer.

Pasquale schloss sein Apartment auf. Nina Wagner stand ihm fast im Rücken. Er drehte sich zu ihr um. Manche Männer würden sie hübsch finden. Sein Typ war sie nicht. Sie hatte etwas Mädchenhaftes. »Ich würde gern Ihren Dienstausweis sehen.«

»Ich bin nicht von der Polizei.«

»Dann verstehe ich nicht, was Sie von mir wollen. Ermitteln kann man nur im Auftrag der Polizei.«

»Oder im Auftrag von Rechtsanwälten oder Mandanten«, entgegnete Nina Wagner. »Ich möchte Ihnen nur kurz ein paar Fragen stellen.«

Wegen des Durchzugs, der auf allen Fluren herrschte, und des offenen Fensters in seinem Zimmer, glitt Pasquale die Tür zu seiner Wohnung aus der Hand. Die Übergardine flatterte ins Zimmer herein. Eine Kerze, die er auf dem Fensterbrett platziert hatte, fiel hinunter. Pasquale machte einen Schritt nach vorn, die Frau war ihm gefolgt, bevor er sie abweisen konnte, und stand jetzt dicht vor ihm in seinem Apartment. Schnell schloss er die Tür hinter sich und ihr. Er wies ihr einen der beiden Stühle zu, die rechts an dem kleinen Tisch zwischen Fenster und Schrank standen. Er stellte die Kerze zurück aufs Fensterbrett und setzte sich auf die Bettcouch. Er wusste, dass sein Apartment klein war, doch wenn er Besuch hatte, kam es ihm winzig vor.

»Ich kenne hier im Haus kaum jemanden«, sagte er. »Nur mal vom Fahrstuhl, wo man Small Talk hält. Übers Wetter und so. Dass die alte Frau tot ist, habe ich natürlich gehört.«

»Es hat jemanden gegeben, mit dem sie öfter verkehrt hat. Können Sie mir dazu etwas sagen?«

»Verkehrt hat«, die Wendung traf ihn wie ein Schlag ins Gesicht. »Nein, kann ich leider nicht.«

»Weshalb waren Sie dann heute zum Bestattungstermin?«

»Reine Neugierde. Ich recherchiere für ein Buch, das in Travemünde spielt. Ich bin Schriftsteller.«

Er sah zu seinem Laptop, der verstaubt in einem Fach der Schrankwand lag.

»Sie waren also nicht mit Frau Bergmann befreundet?«, hakte Nina Wagner nach.

Pasquale lachte auf. »Jetzt wird es absurd! Wissen Sie, wie alt die Frau war? Ich habe eine Freundin.«

Das war ein Fehler gewesen.

»Die Frau, mit der Sie heute gemeinsam bei der Beerdigung waren«, stellte Nina Wagner fest. »Ich wüsste gern ihren Namen, ich muss sie ebenfalls befragen.«

»Das können Sie sich sparen. Das ist meine Koautorin. Sie war nur mit, weil wir gemeinsam an dem Buch arbeiten.« Pasquale erhob sich. »Ich kann Ihnen wirklich nicht helfen. Und ich habe noch einen wichtigen Termin!«

Nina Wagner stand auf und sah auf ihre Uhr. »Ist Ihr Termin vielleicht die Testamentseröffnung? Dann sehen wir uns gleich wieder.«

Pasquale schüttelte den Kopf. »Ich sage Ihnen doch, ich kannte die Frau nicht. Ich bin auch zu keiner Testamentseröffnung eingeladen. Und das wäre ich ja wohl, wenn ich irgendwas erben sollte. Das müssten Sie wissen – als Ermittlerin Ihres Anwalts oder wessen auch immer. Ich komme in dem Testament der alten Dame nicht vor. Weshalb sollte ich auch? Wir kannten uns nicht.« Pasquale war sich plötzlich ganz sicher, dass er jetzt alles richtig gemacht hatte.

»Okay«, sagte Nina Wagner an der Tür und reichte ihm die Hand. »Danke.«

»Gerne«, sagte Pasquale und öffnete die Tür, um sie hinauszulassen.

Der Durchzug riss wieder an den Vorhängen, der Kerzenständer fiel erneut hinunter. Pasquale stand in dem Raum, der ihm so eng vorkam. In seinem Leben musste endlich alles wieder großartiger werden. Bald würde es so sein. Mit Romy.

***

Jan lehnte mit dem Rücken an der Wand seines Büros und sah auf die Uhr.

»Bitte seid nicht böse, aber sie kommen gleich, und ich muss mich noch ein wenig vorbereiten.«

»Schon gut, mein Junge«, sagte sein Vater. »Wir konnten nicht wissen, dass die Testamentseröffnung gleich im Anschluss an die Bestattung stattfindet. Normalerweise liegen immer ein paar Tage dazwischen.«

Jan ging in Richtung Tür. »Ich weiß, aber ich musste dieses Mal keine weiteren Erben ausfindig machen. Bitte seid nicht böse.«

»Wir haben nur mal kurz vorbeigeschaut, weil wir sowieso in der Nähe waren«, sagte seine Mutter.

Jan nickte, er war sich sicher, dass er im letzten Telefonat mit seinen Eltern erwähnt hatte, dass heute die Seebestattung und die Testamentseröffnung stattfinden würden. »Das ist nett«, sagte er. Er sah wieder auf die Uhr und hoffte, dass die Bergmanns und vor allem Nina noch nicht kämen. Er hatte jetzt wirklich keine Lust auf Erklärungen.

»Michael, nun sag deinem Sohn doch rasch, was du ihm noch sagen wolltest!«, sagte seine Mutter, als sie in der Tür standen.

»Michael« nannte Inge Andresen ihren Mann nur, wenn es ernst wurde.

Jans Vater zögerte eine Weile. »Na gut. Also, ich weiß ja nicht, was in dem Testament von der Frau Bergmann steht. Aber wenn der Sohn die Wohnungen im Maritim erbt und verkaufen will, dann wäre es schön, wenn du mich ins Spiel bringen könntest. Ich meine, uns. Mich als Makler und dich als Notar.«

»Deshalb seid ihr also gekommen«, stellte Jan fest.

»Nein!«, beschwichtigte die Mutter. »Es ist nur so eine Idee. Es bleibt doch alles in der Familie.«

»Wenn die Bergmanns nachher hier sitzen, dann sind sie in Trauer, da führe ich kein Verkaufsgespräch«, entgegnete Jan.

Sein Vater sah ihm in die Augen. »Ist gut, mein Junge.«

»Wir wollten ja nur, dass du davon weißt, falls es sich ergibt«, fügte seine Mutter hinzu. »Nicht dass du hinterher sagst: ›Hättet ihr vorher mal was gesagt!‹«

Als die beiden weg waren, fühlte Jan sich erschöpft. Er nahm die Unterlagen für die Testamentseröffnung zur Hand, den braunen Umschlag, dessen Inhalt er vor wenigen Wochen das letzte Mal beglaubigt hatte. Es würde kein einfacher Termin werden. Auch weil Jan befürchtete, dass Nina Ernst machte und dabei sein würde.

***

Nina hastete die Treppen zu Jans Büro hinauf. Sie würde zu spät kommen. Sie hasste es, zu spät zu kommen. Jans Anwaltsgehilfin trug gerade eine Kaffeekanne in dessen Büro und warf ihr einen fragenden Blick zu.

»Ich nehme auch gern eine Tasse«, sagte sie außer Atem und hängte ihre Jeansjacke an die Garderobe im Vorzimmer.

Die Anwaltsgehilfin drückte Nina eine Tasse in die Hand. Nina klopfte an die Tür, bevor sie eintrat.

Das Ehepaar Bergmann saß dort in edlen dunklen Sachen. Während der Ausfahrt zur Seebestattung hatte die Sonne ihnen Farbe ins Gesicht gebrannt. Die beiden nahmen es ohne Verwunderung hin, dass Nina sich zu ihnen an die Längsseite des Tisches setzte.

»Wir haben schon begonnen. Die Formalitäten sind abgeschlossen«, sagte Jan. »Ich fahre nun fort.«

Das Ehepaar nickte synchron.

Jan öffnete den braunen A4-Umschlag und entnahm ihm ein einzelnes Blatt. Katharina Bergmann umfasste die Hand ihres Mannes. Alexander Bergmann fixierte das Blatt in Jans Hand.

Jan las vor.

Es stand nicht viel auf dem Blatt, nur dass Frau Bergmann ihrem Sohn die Wohnungen im Maritim vermachte, die große Eckwohnung und die Abstellkammer.

Wie toll musste es sein, so etwas zu erben, dachte Nina. Alexander Bergmann aber blickte wie erstarrt auf das Blatt, das Jan nun auf den Tisch legte.

»Da muss noch mehr sein!«, sagte er.

Seine Frau drückte seine Hand.

»Sehen Sie noch mal nach!«, forderte Alexander Bergmann Jan auf.

»Da ist nicht mehr«, antwortete Jan.

Alexander Bergmann griff nach dem Umschlag. Er war leer. »Das kann nicht sein! Da muss noch mehr sein!«

»Alex«, ermahnte Katharina Bergmann ihren Mann.

Alexander Bergmann sprang auf und lief in dem Büro auf und ab. »Das kann sie doch nicht machen!«

»Es ist der Letzte Wille Ihrer Frau Mutter«, sagte Jan.

»Und die ganzen anderen Sachen? Wo sind die? Das Geld, der Schmuck, das Boot, das Auto?« Jetzt schrie Alexander Bergmann.

Nina rückte in ihrem Stuhl nach hinten, sie hielt es schwer aus, wenn jemand schrie.

»Alex«, sagte Katharina Bergmann. »Bitte setz dich wieder.«

Alexander Bergmann gehorchte. »Das Gold und die Aktien«, er klang fragend. Er bekam keine Antwort. Er wippte im Stuhl vor und zurück. Seine Frau wollte wieder seine Hand nehmen, doch er zog sie ruckartig weg.

»Ihre Frau Mutter hat mir gesagt, dass sie Ihnen damit mehr

als den Pflichtteil hinterlassen werde. Mehr kann ich dazu leider nicht sagen«, meinte Jan.

Nina fand Jan sehr souverän. Hatte er solche Situationen schon öfter erlebt? War das sein Alltag?

»Sie hat alles verschenkt«, stellte Alexander Bergmann fest. »Hat sie das mit Ihrer Hilfe getan?«

»Dazu brauchte sie mich nicht. Sie konnte mit ihrem Vermögen machen, was sie wollte«, antwortete Jan.

»Aber Sie wissen, wem sie alles vermacht hat!«

»Nein«, entgegnete Jan. »Und wenn ich es wüsste, dürfte ich es Ihnen nur sagen, wenn sie es so verfügt hätte.«

Alexander Bergmann sah seine Frau an. Sie nahm seine Hand. Jetzt ließ er es zu. »Ich weiß nicht, was jetzt werden soll«, sagte er.

Katharina Bergmann ließ ihn los und erhob sich, als sei ihr plötzlich alles zu viel.

***

Er war mit den Nerven am Ende gewesen, als er mit dem Fahrstuhl ins dreißigste Stockwerk hinaufgefahren war. Er hatte eine so starke Aggression in sich gefühlt, wie er sie bisher nicht kannte.

Er wollte und konnte es nicht mehr, dieses Spiel, in dem er sich wie eine Figur hin und her geschoben fühlte. Und in dem er doch eigentlich der Spielmacher sein sollte. Pasquale wollte bei Romy sein. Doch sie schickte ihn wieder und wieder zu dieser alten Frau, damit sie nicht misstrauisch würde, solange Romy und er noch nicht verschwunden wären. Sie müssten erst noch das Segelboot verkaufen, dann konnten sie ihr neues und gemeinsames Leben beginnen. Dann wirklich. Für immer.

Damit niemand auf Pasquale käme, wollte sich Romy um den Verkauf des Bootes kümmern und im Internet nach Interessenten recherchieren. Sie hatte auch schon ein paar schöne Wohnungen in Berlin ausfindig gemacht, die sie bald würden besichtigen können, erzählte sie Pasquale.

Pasquale hatte einem Makler aus Lübeck sein Apartment im Maritim zum Verkauf angeboten, mit der Vorgabe, dies vertraulich zu behandeln und erst in ein paar Wochen tätig zu werden.

Wenn Romy jetzt noch das Segelboot verkaufen würde, wären sie bei fast einer Million Euro, die sie eingenommen *hätten. Eine Million Euro, der Gedanke ließ Adrenalin durch Pasquales Körper schießen.*

Romy schien dieser riesige Betrag nicht sehr zu beeindrucken. Sie fragte Pasquale, ob er wüsste, wie hoch der Stapel einer Million Euro in Fünfhundert-Euro-Scheinen wäre. Pasquale dachte an Filme, in denen bei Geldübergaben immer Koffer voller Geldscheine ausgehändigt wurden. Er schätzte, dass der Stapel einen Meter hoch wäre.

»Siebzehn Zentimeter«, erwiderte Romy. »Wir haben nur siebzehn Zentimeter Geld.«

Pasquale befiel die Sorge, dass es doch nicht für den Neuanfang reichen könnte. Gut, dann würden sie eben noch das Segelboot verkaufen. Aber dann wäre Schluss. Dafür musste er noch einmal zu ihr, zu der Frau, um den Schlüssel fürs Boot zu holen.

Er öffnete Elisabeth Bergmanns Wohnung mit dem Schlüssel, den sie ihm gegeben hatte. Zu Romys Bleibe hatte er bis heute keinen Schlüssel. Das verstärkte seine Aggression auf Anhieb.

Elisabeth Bergmann stand an der Balkontür. Sie befand sich äußerlich in einem Zustand, in dem Pasquale sie noch nie gesehen hatte. Sie hatte ihn noch nie im Bademantel empfangen. Ihr Haar war zerzaust. Die Augen lagen in tiefen dunklen Höhlen im ungeschminkten Gesicht.

»Was ist passiert?«, fragte Pasquale. Eigentlich interessierte es ihn nicht. Elisabeth Bergmann bot ihm eine Tasse Tee an. Pasquale wollte keinen Tee. Immer dieser Tee! Er war Kaffeetrinker! »Nun rede schon!«

»Ich ziehe mir erst mal was an.« Elisabeth Bergmann stolperte in ihren Badelatschen über die Kante der Balkontür in die Wohnung hinein. Der rote Lack auf ihren Fußnägeln begann bereits abzublättern. »Ich weiß jetzt Bescheid«, sagte sie.

»Worüber?«

»Du hast mich betrogen. Ausgenommen und betrogen!«

Pasquale fasste sich unwillkürlich an den Kopf, als wollte er der Frau einen Vogel zeigen.

»Und du hast eine andere«, fügte Elisabeth Bergmann hinzu. »Ich habe euch gesehen. Du hast mich betrogen. Für dumm verkauft. Das lasse ich nicht mit mir machen!«

Pasquale ging auf sie zu. »Spionierst du mir etwa nach?«

»Es ist aus! Ich will mein Geld zurück. Alles!«

Elisabeth Bergmann ließ Pasquale stehen und ging auf den Balkon zurück. Sie lehnte sich mit dem Rücken an die Brüstung. Pasquale folgte ihr hinaus.

Der Blick über die Trave, die blühenden Rapsfelder, die »Marittima«, die gerade hinausfuhr, er nahm nichts davon wahr.

»Du fickst mit ihr. Mit mir. Versager wie du finden beim Ficken die letzte Bestätigung«, schrie Elisabeth Bergmann. »Ich bin sauer, weil ich so dämlich war. So dämlich, mich mit einem Loser wie dir einzulassen. Dein einziger Vorzug war deine Jugend. Ansonsten hast du nichts zu bieten. Du gibst mir sofort alles zurück. Und dann vergesse ich die Geschichte.«

»Ich gebe dir gar nichts zurück!«

»Dann zeige ich dich an!«

»Mach doch! Wird dir nicht viel nutzen, weil alles seine Ordnung hat.« Pasquale lachte auf. »Du hast mir alles geschenkt. Und du weißt doch: Geschenkt ist geschenkt, Wiederholen ist gestohlen.«

»Ich werde nachweisen, dass du ein Betrüger bist. Und dass du eine Komplizin hast.«

Pasquale trat auf sie zu. »Du redest absoluten Quatsch! Komplizin. Lachhaft!«

»Doch«, sagte Elisabeth Bergmann. »Du bist ein Schwein. Ein Loser und ein Schwein. Und mit deiner Madame, da wirst du noch dein blaues Wunder erleben! Das verspreche ich dir. Die kenne ich!«

Die »Peter Pan« hupte laut. Elisabeth Bergmann zuckte vor Schreck zusammen und sah sich um.

Pasquale bückte sich, griff nach ihren Fußgelenken und stürzte sie über den Balkon.

***

»Du brauchst nicht mit hochzukommen. Ich gebe den Bergmanns nur die Schlüssel zu ihren Wohnungen, und das war es« sagte Nina, als Jan seinen BMW auf dem Parkplatz vor dem Maritim parkte.

»Doch, ich komme kurz mit hoch. Ich möchte denen noch etwas sagen, wenn es sich ergibt. Die scheinen ganz schön unter Druck zu stehen, so enttäuscht, wie sie bei der Testamentseröffnung waren. Meinst du, sie wollen die Wohnungen verkaufen? Dann könnte mein Vater das für sie machen.«

»Das willst du denen sagen? Jetzt?«, fragte Nina.

Jan öffnete die Fahrertür. »Ob mein Vater es nun macht oder ein anderer Makler.«

»Das ist taktlos! Der eine regt sich darüber auf, dass er nur zwei Wohnungen erbt, der andere will gleich mal ein Verkaufsgespräch führen. Dass da eine Frau gestorben ist, darüber redet gar keiner mehr. Und keiner redet mehr darüber, wie sie gestorben ist. Neulich war es noch Mord, heute ist es Selbstmord. Alles völlig egal! Hauptsache, die Kohle stimmt. Und wenn sie nicht stimmt, dann ist das Drama groß. Dann regen sich alle auf.« Nina sah zum Maritim hoch. »Sie ist nicht da runtergesprungen!«

Jan legte sanft seine Hand auf Ninas Oberarm, sie ließ es geschehen.

»Nina, man steckt in den Leuten nicht drin. Wir alle wissen nicht, was wirklich in ihnen vorgeht. Du hättest doch auch nicht gedacht, dass bei den Bergmanns die Nerven so blank liegen, wenn sie weniger erben als erwartet? Wer weiß, was tatsächlich mit Frau Bergmann los war.«

Jan ging die Stufen zur Residenz hinauf. Nina folgte ihm.

»Was ist mit dem Liebhaber, den es gegeben haben soll? Mit der Tochter, die plötzlich aufgekreuzt ist? Und mit den Briefen? Weshalb hat Frau Bergmann sie in einem Buch versteckt? Vor wem auch immer. Vielleicht vor sich selbst.«

Im Eingangsbereich saß Frau Schneider und sah Jan und Nina entgegen. Nina musste die Glastür zu den Fahrstühlen selbst mit der Karte öffnen.

»Versprich mir, dass du die Bergmanns in dieser Situation nicht auf irgendeine imaginäre Tochter ansprichst!«, sagte Jan, als sich die Türen hinter ihnen geschlossen hatten.

Nina sah ihm in der Spiegelwand in die Augen. »Versprich du mir, dass du in dieser Situation kein Verkaufsgespräch führen wirst.«

***

Als Pasquale das Smokys betrat, kam es ihm so vor, als wäre er mit Elisabeth Bergmann verabredet. Doch es war glücklicherweise Romy, die sich wie zufällig neben ihn an den Tresen setzen würde.

Es war gegen Mitternacht. Vorher brauchte man in der wohl angesagtesten Bar in Travemünde nicht einzukehren. Der DJ legte House Music auf. Die ersten Leute tanzten. Eine Frau um die vierzig war bereits so betrunken, dass sie ihren Hintern am Körper ihres schmächtigen jungen Tanzpartners rieb. Es waren ungewöhnlich viele Gäste im Smokys und ungewöhnlich viel Personal. Alle trugen die gleichen schwarzen T-Shirts, auf die das Logo einer Tequila-Firma gedruckt war. Eine Kellnerin trug ein Tablett mit Tequilagläsern, Salzstreuern und Zitronenvierteln an einen Tisch. Pasquale begriff, dass heute Tequila-Party im Smokys war.

»Silber oder Gold?«, fragte ihn eine junge Kellnerin.

Pasquale bestellte »Gold« und hoffte, dass sie schnell sein würde. Er ließ Salz und Orangenscheibe weg und kippte den Schnaps auf ex hinunter. Er bestellte noch einen und ein Bier dazu. Seit das an jenem Morgen passiert war, hatte er das Gefühl, nüchtern zu sein, egal, was und wie viel er trank. Er musste Romy endlich beichten, was er getan hatte, bevor sie es von anderen erfuhr, und fürchtete sich davor. Denn was er getan hatte, gehörte nicht zu ihrem Plan. Es war gegen die Abmachung. Pasquale streckte die Hand aus und spreizte die Finger. Zu seiner Überraschung war er sehr ruhig. Es war, als hätte er alles abgespalten von sich. Das unbestimmte Gefühl, dass alles ein gutes Ende nehmen werde, kam in ihm auf. Sie würden verschwinden, Romy und er, bevor überhaupt jemand darauf käme, dass sie mit der Sache etwas zu tun hatten. Jetzt konnte das neue Leben wirklich beginnen. Pasquale kippte den zweiten Schnaps hinunter.

Immer mehr Leute fielen ins Smokys ein. Pasquale zog den freien Barhocker neben sich dichter heran. Eine Fußballmannschaft saß im hinteren Bereich und trank Red Bull mit Wodka, mehrere eigens dafür geschaffene Behälter für Flaschen und Dosen standen auf ihren Tischen. Zwei Go-go-Girls machten sich für ihren Auftritt bereit. Stämmige Sicherheitskräfte in schwarzen Uniformen trafen ein, die ab jetzt Vorder- und Hintereingang bewachten. Pasquale bestellte noch einen Tequila. Immer wieder sah er zur Tür, während er die linke Hand auf dem freien Platz neben sich liegen ließ.

Endlich betrat Romy das Smokys und sah sich beiläufig nach ihm um. Mit Genugtuung beobachtete Pasquale, dass viele Männer die Blicke auf sie richteten. Vielleicht, weil man sie hier noch nie gesehen hatte, ganz sicher, weil sie so attraktiv war. Wieder fragte Pasquale sich, wie alt Romy sein mochte, sie hatte es ihm nicht gesagt, und er hatte nicht gewagt, sie zu fragen.

Romy fragte ihn förmlich, ob der Platz neben ihm noch frei wäre. Das Spiel beginnt, dachte Pasquale und fragte sie, ob er sie zu einem Drink einladen dürfe. Romy musste lachen. Sie hatte sich gesträubt, sich mit ihm in Travemünde zu verabreden, doch Pasquale hatte sie überzeugt, dass Elisabeth Bergmann niemals im Smokys aufkreuzen würde.

Ein Mann betrat den Laden und wurde von mehreren Gästen und dem Personal mit Handschlag begrüßt. Er trug einen Hut, unter dem schulterlange Haare herausschauten, über dem ärmellosen T-Shirt eine Weste und diverse Ketten, die an Indianerschmuck erinnerten, einen Silberarmreif und ein Seidentuch. Seine Haut war braun, die Unterarme trainiert. Auf den ersten Blick wirkte der Mann jung, auf den zweiten schien er wesentlich älter zu sein. Er schob sich auf den Hocker neben Romy und lächelte sie an, was Pasquale augenblicklich nervös machte. Die beiden Go-go-Girls betraten in Hotpants und glitzernden BHs die Tanzfläche und begannen sich an einer Säule tanzend zu reiben. Die Männer im Publikum starrten, die Frauen auch. Der Chef des Smokys hatte sogar einen Fotografen bestellt, der ihn zusammen mit den Tänzerinnen ablichtete. Ein Betrunkener kam der blonden Tänzerin zu nah und wurde von einer Sicherheitskraft am Arm gepackt und hinausgeworfen. Romy unterhielt sich angeregt mit dem neben ihr sitzenden »Cowboy«, während Pasquale weitere Schnäpse bestellte.

Er drehte sich wieder zu den Tänzerinnen um, die ihre langen Haare zur Musik um ihre Köpfe schleuderten und mit den

Hintern wackelten. Die Frauen waren schön, aber sie wirkten gelangweilt. Pasquale dachte, Job ist Job, was tut man nicht alles für Geld.

Als der Mann neben Romy zur Toilette ging, wandte sie sich endlich Pasquale zu. »Das ist Jon. Guter Typ. Hat sein Geld im Casino-Geschäft gemacht, viele Läden aufgebaut, die ersten Frauen ausgebildet. Er will ein Buch darüber schreiben. Vielleicht wäre das was für dich, vielleicht braucht er einen Koautor.«

Pasquale begann plötzlich am ganzen Körper zu zittern. Er hielt seine Hände in die Höhe. Auch sie zitterten. Mit diesen Händen hatte er es getan. Jetzt erst kam er bei ihm an, dieser Moment, als er zugegriffen hatte. Als die Frau plötzlich verschwunden war, als hätte sie nie auf diesem Balkon gestanden.

»Was ist los?«, fragte Romy.

»Ich kann doch hier nicht mit irgendeinem Typ ein Buch machen, in Travemünde! Wir gehen hier weg, für immer!«

Jon kam zurück und forderte Romy zum Tanzen auf. Sie vertröstete ihn auf später. Ein Rosenverkäufer kam herein und ging durch den Raum. Ein betrunkener Jüngling kaufte ihm den ganzen Strauß ab und beschenkte die beiden Tänzerinnen. Der Jüngling verteilte beschwingt noch ein paar Rosen an andere hübsche Frauen. Jon ließ sich eine Rose abgeben und überreichte sie Romy. Pasquale wurde schlecht. Vom Tequila oder vom Anblick dieser Rose. So hatte die ganze Sache angefangen. Die Sache mit Romy und ihm. Eines schönen Abends. Betrunken. Und mit Rosen.

Romy zog ihn mit sich auf die Tanzfläche. Beim Tanzen lachte sie. Lachte sie Pasquale aus?

Er sah ein Pärchen in der Ecke, das ihn und Romy fixierte. Die eine war die junge Frau, die ihn ausgehorcht hatte. Plötzlich war ihm, als drehten sich die Wände um ihn herum. Er rannte zum Klo. Ein Teil der Fußballmannschaft besetzte alle WCs. Pasquale übergab sich ins Waschbecken.

Ein eher schmächtiger Sicherheitstyp erschien im Toilettenraum und legte Pasquale nahe, zu bezahlen und das Smokys zu verlassen. Zwei Fußballer machten abfällige Kommentare.

Lasst mich doch alle in Ruhe!, schrie es in Pasquale. Wenn ihr wüsstet, wozu ich fähig bin!

Zurück am Tresen, fragte Romy, ob er schon los wolle.

Pasquale nickte.

Romy schlug ihm vor, dass sie nachkommen werde.

Pasquale bezahlte die Zeche für sich und für Romy.

***

Nina hielt die Schlüssel für die beiden Wohnungen in der Hand und klopfte an die Tür des großen Apartments.

Katharina Bergmann öffnete und schien nicht überrascht, Jan und Nina zu sehen. Sie ging voraus ins Wohnzimmer. Nina und Jan folgten ihr.

Alexander Bergmann saß am Esstisch und hielt das in Silber gerahmte Kinderfoto von sich in der Hand. Nina unterdrückte den Impuls, die Balkontür zu öffnen, so wie sie es immer als Erstes getan hatte, wenn sie hier putzte.

»Hier sind die beiden Schlüssel zu den Wohnungen Ihrer Mutter. Wenn Sie einverstanden sind, hole ich aus dem Wirtschaftsraum noch ein paar Sachen, die meiner Mutter gehören.«

Alexander Bergmann sah Nina irritiert an.

»Meine Mutter hat für Ihre Mutter geputzt«, fügte sie hinzu.

Alexander Bergmann nickte, als fiele es ihm jetzt wieder ein. Er erhob sich.

»Ich komme mit.«

Nina sah Jan eindringlich an, bevor sie die Wohnung mit Alexander Bergmann verließ.

»Komisch, ich habe mir nie darüber Gedanken gemacht, wer das eigentlich ist, der für meine Mutter putzt«, sagte Alexander Bergmann im Fahrstuhl.

Sie stiegen aus. Nina schloss das kleine Apartment auf.

Alexander Bergmann sah sich darin kurz um. »Das alles wird wohl entsorgt werden. Wenn Sie also etwas haben wollen. Wir werden so schnell wie möglich verkaufen.«

Nina dachte daran, dass sie jetzt Jans Vater als Makler ins Spiel bringen könnte. Sie unterließ es. Alexander Bergmann nahm das

Fernglas vom Bord und drehte es in den Händen. »Das ist noch von mir, als ich als Kind öfter hier war. Das werde ich behalten.«

Nina räumte Besen, Wischmopp, Eimer und Putzmittel auf den Flur. Alexander Bergmann blieb währenddessen am Fenster stehen und sah durch das Fernglas.

»Haben Sie schon etwas herausbekommen?«, fragte er.

Nina hielt inne. »Soll ich denn noch weitermachen?«

Alexander Bergmann drehte sich zu ihr um. »Ich will wissen, wer das ist, dem meine Mutter alles vermacht hat. Ich muss wissen, für wen sie mir das angetan hat!«

»Haben Sie denn wirklich gar keine Ahnung?«

»Das hört sich so an, als hätten Sie eine«, entgegnete Alexander Bergmann.

»Es könnte sein, dass Sie eine Schwester haben. Von der Sie nichts wissen. Und die jetzt aufgetaucht ist.«

»Quatsch!«

»Doch. Es gibt Briefe von dieser Tochter.«

»Die will ich sehen.«

Nina nickte. Eine Weile herrschte Schweigen.

»Aber wenn meine Mutter sich so lange nicht für diese Tochter interessiert hat, vermacht sie der doch nicht ihr ganzes Vermögen. Das glaube ich nicht.«

»Wer weiß.«

»Niemals! Ich kenne meine Mutter.«

»Sie wussten doch nicht mal, dass sie seit Jahrzehnten dieselbe Putzfrau hatte«, sagte Nina, und es klang nicht so ironisch, wie sie es gern gesagt hätte. »An dem Tag, an dem Ihrer Mutter das passiert ist, waren Sie da in Travemünde?«

»Jetzt werden Sie albern. Wollen Sie mich verdächtigen? Ich habe meine Mutter nicht gehasst. Dann hätte ich sie schon viel eher vom Balkon gestoßen. Bevor sie alles verschleudert hat. Ich war an dem Tag in meiner Firma. Von morgens bis abends. Alles andere ist Quatsch. Auch das mit der Schwester. Es gab neuerdings einen Mann im Leben meiner Mutter. Der hat sich in ihr Vertrauen geschlichen. Dadurch, dass er ihr den dritten Frühling beschert hat.«

Das klang jetzt auch nicht ironisch.

»Und dabei schön abkassiert hat er auch. Den sollten Sie finden!«

»Und dann?«, fragte Nina.

»Dann hole ich mir zurück, was mir gehört.«

»Geschenkt ist geschenkt«, sagte Nina.

Alexander Bergmann drehte sich wieder zum Fenster. »Finden Sie ihn einfach. Mit dem, was ich dann tun werde, haben Sie nichts mehr zu tun.«

Es klopfte an der Tür. Nina öffnete. Katharina Bergmann stand davor und fragte: »Was macht ihr denn hier so lange?«

Jan stand hinter ihr. Beide traten ein. Jan reichte den Bergmanns die Hand und verabschiedete sich.

Nina legte den Schlüssel zum Wirtschaftsraum aufs Bord und verabschiedete sich ebenfalls. Jan griff einen Teil der Putzutensilien, die Nina auf dem Flur deponiert hatte, Nina nahm den Rest. Sie würde das alles im Haus ihrer Mutter lagern und hatte noch keine Ahnung, wie sie zukünftig vorgehen sollte, wenn sie im Maritim putzte. Sie konnte das ganze Zeug doch nicht jedes Mal anschleppen.

»Und, hat er dir wieder von seinen Verschwörungstheorien erzählt?«, fragte Jan, als er Schrubber und Eimer im Kofferraum seines BMW verstaute.

»Ich soll für ihn herausfinden, an wen seine Mutter alles verschenkt hat.«

»Und dann? Ich habe seine Frau übrigens gefragt, wo sie und ihr Mann an dem Tag waren, als es passierte«, sagte Jan. »Habe ich für dich gemacht. Sie sagte, sie hätten sich einen Wellness-Tag im Meridian gegönnt, gemeinsam. Dort hätten sie auch die Nachricht erhalten.«

Nina sah Jan überrascht an. »Mir hat Alexander Bergmann gesagt, er wäre den ganzen Tag in der Firma gewesen. Ich verstehe das nicht. Das wird alles immer diffuser.«

»Musst du auch nicht verstehen. Es ist vorbei.«

»Und wenn *er* es war?«

»Der Sohn? Nein, das kann ich mir nicht vorstellen.«

»Und seine Frau? Ich meine, einer von beiden lügt. Oder beide. So wie die offenbar unter finanziellem Druck stehen. Mein Gott, die werden so viel Geld für die zwei Wohnungen bekommen, und es reicht ihnen nicht. Die waren ziemlich sauer auf ihre Mutter.«

»Katharina Bergmann hat mir erzählt, dass es Streit gegeben hat zwischen ihrer Schwiegermutter und ihr. Sie habe die Mutter ihres Mannes für nicht mehr zurechnungsfähig gehalten. Es stand im Raum, sie entmündigen zu lassen.«

»Die arme, nette alte Frau Bergmann«, sagte Nina.

»Vielleicht war sie nicht nur nett.«

»Ich werde es herausfinden«, sagte Nina, als sie ins Auto stieg.

»Lass das bitte sein!«

»Und hast du deinen Vater ins Spiel bringen können?«

»War ganz einfach. Katharina Bergmann hat mich gefragt, ob ich einen guten Makler wüsste.«

NEUN

Romy wusste nicht, worüber sie sich mehr ärgern sollte, über das, was Pasquale ihr da schon wieder beichtete, oder darüber, dass ihre Menschenkenntnis gründlich versagt hatte. Dieser Typ hatte sich als absoluter Fehlgriff für die Umsetzung ihres Plans erwiesen. Sie musste ihn dringend loswerden.

Erst hatte er ihre Mutter vom Balkon gestoßen. Jetzt hatte er sich deshalb befragen lassen. Das brachte auch Romy in Gefahr. Noch einmal ließ sie ihn Satz für Satz wiederholen, was die junge Frau ihn gefragt und was er geantwortet hatte. Unfassbar, dass Pasquale annahm, er hätte sich geschickt verhalten. Für Romy war eindeutig, dass man ihm auf der Spur war. Und dadurch auch ihr.

Romy tat gegenüber Pasquale so, als wäre das alles kein Problem. Er solle sich keine Sorgen machen, sie täte es auch nicht. Er hätte sich prima verhalten. Die Jahre, die sie im Heim verbracht hatte, hatten auch etwas Gutes. Romy regte sich längst nicht so schnell auf wie andere Leute. Unter den schwierigen Bedingungen im Kinderheim hatte sich ihr Körper antrainiert, viel weniger Adrenalin auszuschütten als *normale* Menschen. Bereits morgens produzierten Menschen wie Romy weniger Adrenalin, um sich emotional vor dem zu schützen, was tagsüber auf sie zukommen könnte. Was andere zutiefst beunruhigen würde, ließ Romy kalt.

Auch der Tod ihrer Mutter erschütterte sie nicht. Welche Mutter? Dass sie mit ihm zum Hafen gegangen war, um die Seebestattung zu beobachten, kreidete sie sich selbst als Fehler an. Pasquales geringe Cleverness erschütterte sie ebenfalls kaum. Wer war Pasquale? Allenfalls dass ihr Plan aus dem Ruder lief, beunruhigte sie. Sie musste ihn sofort ändern.

»Geh jetzt«, sagte sie zu Pasquale und streichelte ihn zärtlich. »Und mach dir keine Sorgen. In drei Tagen kommt der Käufer, um das Boot zu holen, und dann sind wir weg. Alles wird gut.«

Bevor er sie küssen konnte, stand sie auf.

»Ich würde so gern mit dir wenigstens einmal raussegeln. Aber dazu hast du bestimmt keine Lust mehr«, sagte er.

Romy zögerte nur kurz. »Welch wunderbare Idee. Ich bin noch nie in meinem Leben gesegelt. Lass uns das gleich morgen früh machen.«

»Ich liebe dich«, sagte Pasquale und sah Romy erwartungsvoll an.

»Ich weiß«, antwortete sie. »Ich freue mich auf morgen.«

Als Pasquale das Grundstück verließ, sah Romy sie. Die junge Frau, die heute Morgen auch am Travemünder Hafen gewesen war und zugesehen hatte, als die »MS Luzia« mit der Urne Elisabeth Bergmanns zur Seebestattung hinausgefahren war. Die junge Frau, die Pasquale befragt hatte. Sie stand hinter einer Hecke am Ende der Sackgasse, die zu Romys Bleibe führte.

***

Es war nicht die Umarmung einer Kollegin gewesen, sondern die eines Paares. Er hatte sie also belogen, war Nina sich sicher. Pasquale Schöne kam direkt auf sie zu. Nina wich zurück, hinter die Hecke. Er ging an ihr vorbei, ohne sie zu bemerken. Nina sah zu dem schäbigen Anbau hinüber, wo die Frau die Tür hinter sich geschlossen hatte. Sie sollte ich befragen, überlegte Nina und ging ein paar Schritte auf das Grundstück zu. Als sie entdeckte, dass die Frau hinter der Gardine stand und sie beobachtete, verließ Nina der Mut. Sie bog ab und schlenderte den Weg entlang, als wäre sie eine Spaziergängerin. Plötzlich sprang ein großer Hund an einer Hecke empor und bellte. Nina fuhr zusammen. Sie sah noch einmal zu dem Anbau. Die Frau hinter der Gardine war verschwunden.

Nina folgte in sicherem Abstand Pasquale Schöne. Er ging in Richtung Niendorfer Hafen. In einer Seitenstraße sah er durch das Fenster eines geparkten Autos. Es war Frau Bergmanns Mercedes Cabrio. Pasquale Schöne ging am Hafen zwischen den vielen kleinen Buden, in denen Kunstgewerbe zum Verkauf angeboten wurde, hindurch, ohne sich dafür zu interessieren. An der Fischräucherei kaufte er ein belegtes Brötchen, das er sich einpacken ließ. Überall saßen und standen Leute herum, die Fischbrötchen kauten. An einem Bootssteg blieb er stehen und sah sich um. Pasquale Schöne holte einen Schlüssel aus der Hosentasche und betrat den Steg, an dem etliche Boote festgemacht waren.

Nina stand hinter einer Bude, an der Kunsthandwerkliches aus dickem Filz verkauft wurde.

Pasquale Schöne zog seine Schuhe aus, nahm sie in die Hand und betrat unsicheren Schrittes eines der Segelboote. Unter seinem Gewicht gab es nach, sodass Schöne nur stolpernd Halt fand und sich das Knie stieß. Dabei fielen ihm die Schuhe, der Schlüssel und die Brötchentüte aus der Hand.

Er hob alles auf, schloss die kleine Kajüte des Segelbootes auf und verschwand darin.

Es war ein hübsches Boot, klein, blau-weiß, aus Holz, mit kleinem Außenbordmotor. Gehörte es ihm? Gehörte es der Frau, mit der sie ihn beobachtet hatte?

Pasquale Schöne kam aus der Kajüte, rollte einen Schlafsack auseinander und legte ihn zum Lüften aufs Deck. Dann verschwand er wieder ins Innere. Nina ging ein paar Schritte näher heran. »Elisabeth«, stand in goldfarbenen Buchstaben am Bug des Segelbootes.

Dieser Typ war es also, dem Frau Bergmann alles vermacht hatte! Das Boot, das Auto und die Tasche voller Geld sicherlich auch. War er es, der Frau Bergmann vom Balkon gestoßen hatte? Nina würde es herausfinden. Sie würde Alexander Bergmanns Auftrag erfüllen und die fünfhundert Euro pro Tag zu Recht verdienen.

Pasquale Schöne kam mit einem Kaffeebecher heraus und begann sein Fischbrötchen zu essen. Nina hatte für heute genug gesehen, sie wusste nun, wo sie Schöne finden konnte. Hier, bei der Frau in Niendorf oder im Maritim. Sie musste Jan erzählen, was sie gesehen hatte.

Nina eilte zur nächsten Bushaltestelle. Doch der Bus, der nur einmal pro Stunde von Scharbeutz kommend in Richtung Travemünde Strandbahnhof fuhr, schloss die Türen und fuhr ab, bevor sie ihn erreichen konnte. Nina wählte Jans Nummer, sie musste unbedingt mit ihm sprechen, vielleicht würde er sie von hier mit dem Auto abholen. Jan meldete sich und sagte, er sei in einem Termin, der noch etwa zwei Stunden dauern werde. Nina und er verabredeten sich an der Strandoase. Aus dem Hintergrund hörte sie, dass seine Mutter fragte, ob sie schon die Suppe auftun könne oder er noch länger telefonieren müsse.

Nina war nicht enttäuscht – so war das eben mit Müttern, die einen fest in ihrem Bann hielten. Sie beschloss, zu Fuß nach Travemünde zurückzukehren, verließ die Straße und ging zwischen ein paar Häusern hindurch an die Promenade am Meer, die dann in den Weg zum Steilufer mündete. Vor der Mutter-Kind-Kurklinik spielten ein paar junge Frauen mit ihren Kindern am Strand. Eine Nonne saß in einem Strandkorb, legte ihr Häkelzeug beiseite und rief alle ins Haus.

Die Sonne war längst hinter den Bäumen verschwunden. Der Mond hing voll und blass über dem Meer. Nina ging zügigen Schrittes, sie kannte diesen Weg am Brodtener Ufer seit ihrer Kindheit in- und auswendig. Das Einzige, das sich verändert hatte, war, dass er immer schmaler wurde, weil immer mehr Teile des Weges ins Meer gerissen wurden. Nina musste auf die rotweißen Absperrbänder und auf die Hinweisschilder der Gemeindeverwaltung achten, doch sie waren mit Einbruch der Dunkelheit kaum noch zu erkennen. Eine Gruppe Radfahrer kam ihr entgegen. Alle hatten Licht an ihren Rädern. Dann war Nina wieder allein auf ihrem Weg.

Das Meer lag zur linken Seite wie eine bleierne Masse, auf der ein paar vereinzelte Lichtpunkte zu sehen waren. Der Vollmond warf eine breite silbrige Bahn über die Ostsee. Bis auf das Rauschen vereinzelter Pappeln und der leichten Wellen, die in regelmäßigen Abständen ans Ufer schwappten, war es still. Kein Vogel sang mehr. Nina steckte sich eine Zigarette an und behielt das Feuerzeug in der Hand. Ihre Gedanken kreisten um das, was sie in Niendorf gesehen hatte. Pasquale Schöne mit der Frau. Pasquale Schöne an dem Auto. Pasquale Schöne auf dem Boot. Ihre Gedanken kreisten darum, welche Schlüsse sie und Jan daraus ziehen würden. Und die Frage, ob man jetzt die Polizei informieren sollte.

Auf dem folgenden Abschnitt des Brodtener Ufers ragten die Bäume so hoch in den Himmel, dass das Licht des Mondes nicht mehr auf den Weg fiel. Nina sah sich um. War da jemand? Sie betätigte das Feuerzeug, doch die Flamme spendete nur wenige Zentimeter Licht und ließ alles andere um sie herum noch dunkler erscheinen. Nina hielt die Flamme über den Boden und sah, dass der ausgetretene Pfad eine Biegung machte, die neu war. Sie musste ein Stück über ein Feld gehen, weil der bisherige Weg durch einen hohen Baum, der ins Meer gestürzt war, zerstört war. Ein paar Wurzeln ragten aus dem abgebrochenen Stamm in den Himmel und warfen Schatten. Nina erwog umzukehren, doch so weit, wie sie jetzt gekommen war, lohnte sich das nicht mehr. Sie hoffte, dass ab Hermannshöhe Lichter den Weg erleuchteten. Dort würde sie dann Jan bitten, sie abzuholen.

Nina trug die Flamme des Feuerzeuges vor sich her und ging Meter für Meter. Die Geräusche, die sie manchmal hinter sich wahrzunehmen glaubte, beunruhigten sie nicht. Sie hatte sich noch nie im Dunkeln gefürchtet. Ihr war noch nie etwas im Dunkeln passiert. Auf den nächsten Metern sperrte ein schmaler Draht den Rand des Steilufers ab, damit man nicht zu dicht herantrat. Nina sah ihn im letzten Moment. In ihrer Phantasie gab die Steilküste unter ihr nach und riss sie mit sich, zwanzig Meter tief. Nina musste lachen, so wie sie oft lachen musste, wenn ihr eigentlich nicht danach zumute war.

Wieder das Geräusch. Nina drehte sich um. Dann sah sie ihn. Für die Länge eines Lidschlages. Den Umriss eines Menschen. Im nächsten Augenblick fühlte sie den heftigen Stoß gegen ihren Oberkörper.

Sie fiel.

***

Jan reichte Nina ein Glas Wasser und eine weitere Schmerztablette. Sie konnte nicht stehen, sie konnte nicht sitzen, nicht einmal schmerzfrei liegen. Sie war müde und konnte nicht schlafen, als würde immer noch Adrenalin durch ihren Körper schießen.

Sie hatte am ganzen Körper Prellungen, eine angebrochene Rippe und ein Schleudertrauma. Wie durch ein Wunder war ihr nicht mehr zugestoßen, hatte der Arzt gesagt. Die Hals-Nacken-Krause beengte ihren Hals. Sie wollte nach Hause, doch der Arzt hatte verfügt, dass sie fürs Erste noch zur Beobachtung blieb.

Nachdem Nina nicht zu ihrer Verabredung gekommen war, hatte Jan beinahe pausenlos versucht, sie auf dem Handy zu erreichen. Vergeblich. Irgendwann war es Nina gelungen, sich auf die Seite zu drehen, ihr Handy Zentimeter für Zentimeter aus der Tasche zu holen, an ihr Gesicht zu heben und zu flüstern, was passiert war. Er war sofort losgeeilt, um sie zu suchen. Noch auf dem Weg hatte er einen Krankenwagen und die Polizei gerufen.

Während der Befragung war Jan wütend geworden, weil ein Polizist Ninas Version, dass sie vom Steilufer gestoßen wurde, nicht glauben wollte und insistierte, dass sie vermutlich in der Dunkelheit vom Weg abgekommen und aus Versehen von der beschädigten Uferkante gestürzt sei.

Hinzu kam, dass Nina keine Ahnung hatte, wer sie gestoßen haben könnte. Geschweige denn eine Beschreibung abgeben konnte. Erst nachdem Jan sich gegenüber dem Polizisten als Anwalt Respekt verschafft hatte, versprach dieser, dass er und seine Kollegen bei Tagesanbruch den Tatort nach Spuren absuchen würden, und verließ das Krankenzimmer.

Nina erzählte Jan all das, was sie am Tag zuvor in Niendorf beobachtet hatte. Pasquale Schöne, die Frau, das Auto, das Segelboot.

»Warum hast du das nicht der Polizei gesagt?«, fragte Jan.

»Weil sie mir auch das nicht glauben würden«, war Nina überzeugt. »Für die Polizei klingt doch alles abstrus, was ich aussage. Für die Polizei ist Frau Bergmann vom Balkon gesprungen. Und ich, ich bin mal eben vom Brodtener Ufer gesprungen.«

Nina lachte höhnisch auf, dabei durchfuhr ein Schmerz sie, der ihr Tränen in die Augen trieb. Durch das Fenster ihres Zimmers im Lübecker Krankenhaus fiel Sonne. Im Nachbarbett dämmerte eine alte Frau vor sich hin. Eine Krankenschwester kam mit Medikamenten herein und sagte zu Jan: »Ich gebe ihr was Schönes, damit sie endlich schlafen kann. Und heute Abend sieht die Welt dann schon ganz anders aus.«

Jan verabschiedete sich.

Nina sagte leise »danke« und meinte Jan.

Noch auf dem Flur des Krankenhauses wählte Jan die Nummer des Beamten, der Nina in der Nacht befragt hatte.

***

Kein Mensch beachtete Romy, als sie sehr früh am Morgen mit zwei großen Tüten beladen das Segelboot bestieg. Pasquale freute sich, als er sie sah.

»Guten Morgen, mein Geliebter«, sagte Romy lächelnd und packte frische Brötchen, Käse und Krabbensalat aus. Sie goss reichlich Aperol in zwei Gläser, füllte mit Prosecco auf und setzte sich damit auf die Kante der Koje, in der Pasquale lag. »Es soll ein herrlicher Tag werden. Lass uns rausfahren!«

Pasquale trank. Der Aperol ließ das Ganze leicht wie Limo schmecken. Romy wusste, wie betrunken dieses Zeug machen konnte.

Sie hatte die ganze Nacht nicht geschlafen, ihren Anbau geräumt und die wenigen Sachen, die sie aus Berlin mitgebracht hatte, im Auto verstaut. Heute sollte ihr letzter Tag in Niendorf sein. Die Segeltour mit Pasquale würde der Abschluss werden. Sie mussten sich beeilen.

»Der Käufer hat mich gestern noch angerufen und gefragt, ob er das Boot heute schon überführen kann, wenn es ihm gefällt«, log sie. »Ich habe ihm gesagt, dass wir am späten Nachmittag wieder hier sind. Ich hoffe, du bist nicht enttäuscht, dass wir nur noch diesen einen Tag mit dem Boot haben.«

Pasquale beteuerte, dass er überhaupt nicht enttäuscht sei, weil sie dann mit dem Verkauf des Bootes alles erledigt hätten und endlich aufbrechen könnten in ihr neues Leben. Er stand auf, küsste Romy auf die Stirn und zog sich eilig an. Romy goss die Gläser erneut voll.

Als Pasquale sich die Hose anzog, hielt er inne. »Wir müssen nicht mehr segeln. Wir können auch hierbleiben und auf den Käufer warten, wenn dir das lieber ist.«

Romy hatte befürchtet, dass Pasquale Angst vor seiner eigenen Courage bekam, weil er vermutlich gar nicht so gut segeln konnte, wie er angegeben hatte. Hoffentlich. Vor Jahren, als er noch als erfolgreicher Autor in Hamburg lebte, hatte er angeblich einen Kurs auf der Außenalster absolviert und den Segelschein gemacht. Romy beteuerte noch einmal, wie sehr sie sich darauf freute, dass er mit ihr hinaussegelte. Sie würde es auch so gern können.

Romy konnte segeln. Als sie vor Jahren in einer Kneipe am Wannsee jobbte, hatte es ihr der Besitzer beigebracht, wenn er sie regelmäßig auf sein Boot mitnahm, um mit ihr zu schlafen. Nachdem seine Frau hinter die Affäre gekommen war, hatte er Romy gefeuert. Schweren Herzens, wie er beteuerte. Wie eben immer alle irgendwas beteuerten, wenn sie sich aus der Affäre ziehen wollten.

Während Romy das Segelboot am Steg festhielt, löste Pasquale das Tau und legte es auf dem Bug zu einer Schnecke. Ihr kam es vor, als dauerte es Stunden, bis sie mit dem Paddel vom Anlegeplatz in die Mündung zur Ostsee gelangt waren.

Pasquale schlug vor, zunächst mit dem Außenbordmotor hinaus aufs Meer zu fahren und dann das Segel und die Fock aufzutakeln. Romy durfte am Steuer sitzen und gab sich vertrauensvoll.

Die Ostsee wirkte ruhig. Der Wind hatte etwa Stärke zwei bis drei. Das bedeutete Wellen, die bis einen Meter hoch waren. Für erfahrene Segler eher Flaute als ideales Wetter. Für jemanden, der auf der Alster segeln gelernt hatte, war das allerdings bereits eine Herausforderung. Pasquale kämpfte mit dem Segel, es flatterte, als wollte es zerreißen. Er verstand nicht, weshalb es sich nicht mit dem Wind spannte. Er merkte nicht, dass Romy durch ihre Steuerung dafür sorgte, dass das Segel sich nicht spannen konnte. Sie trieben mit dem Boot weit hinaus. Dann endlich fasste der Wind in das Segel und die Fock. Das Boot nahm Fahrt auf.

Romy lobte Pasquale, der sich stolz auf die Reling setzte und die Segel hielt. Romy hielt weiterhin das Steuer.

Sie entfernten sich immer weiter vom Ufer, so weit, dass es nur noch als schmaler Streifen am Horizont zu sehen war, mit den unverwechselbaren Hochhäusern in Timmendorf und in Travemünde. Immer höher werdende Wellen klatschten gegen den Bug. Wasser spritzte über die Reling. Pasquale versuchte, mit seinem Gewicht das Boot waagerecht zu halten. Romy lachte, als würde ihr das Segeln gefallen. Sie wusste, was wohl auch Pasquale wusste: Sie mussten unbedingt kreuzen, wenn sie jemals wieder in Ufernähe gelangen wollten. Mit einem so kleinen Boot auf dem offenen Meer zu kreuzen, gehörte wohl zum Schwierigsten, was man als Segler können musste, denn das Boot konnte dabei leicht kentern. Pasquale drückte sich offenbar davor, und so segelten sie immer weiter hinaus. So weit, dass selbst Romy sich zu fragen begann, wie sie jemals wieder an Land kommen sollte. Sie bat Pasquale, kurz das Steuer zu halten, kletterte in die Kajüte, kippte Becher mit Prosecco und Aperol voll und stieß mit Pasquale auf die schöne Segeltour an. Pasquale trank zügig. Eine Welle klatschte ins Boot. Romy und er wurden bis auf die Haut nass.

»Lass uns langsam umkehren«, bat Romy frierend.

Sie wusste, dass er mehrfach kreuzen und möglichst hoch am Wind, abwechselnd Backbordbug und Steuerbordbug segeln musste, um in Richtung Land zu gelangen. Pasquale war der Respekt anzusehen, den er vor diesem Wendemanöver hatte. Bereits der erste Kreuzschlag brachte das Boot beinahe zum Kentern. Romy hielt sich gut fest. Pasquale versuchte einen zweiten Kreuzschlag. Er gelang. Romy schrie ihm ihr Lob zu. Plötzlich wich der Wind aus dem gespannten Segel, ergriff es und zerrte an ihm herum, als wollte er es vom Mast reißen.

Pasquale hätte längst einen weiteren Kreuzschlag vornehmen müssen, um mit dem Boot im Zickzackkurs an Land zu kommen. Als er es versuchte, reagierte das Segel nicht auf sein Manöver. Pasquale bemerkte noch immer nicht, dass es an Romys Steuerung lag. Er kletterte auf den Bug und zog an den Tauen, als könnte er dadurch etwas bewirken. Romy steuerte nach

Backbord. Der Wind riss das Boot zur Seite. Pasquale verlor das Gleichgewicht. Das Baumliek knallte gegen seinen Kopf. Pasquale sackte auf dem Bug zusammen. Sein Körper hing halb im Wasser.

Romy ließ die Steuerung los. Das Segelboot wurde vom Wind hin und her gerissen. Sie kroch auf Pasquale zu, als wollte sie ihm zu Hilfe kommen. Er sah sie noch kurz an, wollte etwas sagen. Dann rutschte er ins Wasser.

Pasquale ging unter und war nicht mehr zu sehen. Jetzt rief sie seinen Namen und streckte die Hand nach ihm aus. Sekunden später beeilte sie sich, das Segelboot gekonnt gegen den Wind in Richtung Ufer zu kreuzen. Nachdem es ihr gelungen war, setzte sie sich erschöpft auf den Boden des Bootes und hielt das Steuer. Sie segelte in Richtung Naturstrand am Anfang des Brodtener Ufers. Dorthin, wo sie am Strand in einem Versteck ein Handtuch und warme Sachen verstaut hatte. In die Richtung, in der sie auch das Auto am frühen Morgen abgestellt hatte. Sie zog sich bis auf den Badeanzug aus und ließ sich vorsichtig ins Wasser gleiten. Das Boot segelte weiter, bis der Wind es zum Kentern brachte.

Romy schwamm. Etwa fünfhundert Meter lagen vor ihr. Der Wind kam immer noch vom Land und ließ sie nur langsam vorankommen. Als sie sich umdrehte, sah sie nur noch die Spitze des weißen Segels aus dem Meer ragen, bevor es in die Tiefe hinabgezogen wurde.

Als sie endlich Boden unter den Füßen hatte, kamen ihr vor Erschöpfung die Tränen. Sie schmeckten genauso wie das Wasser, das das Meer ihr ins Gesicht geschlagen hatte. Sie watete die letzten Meter, als weit hinten zwei Angler in hüfthohen Stiefeln über den Strand kamen, ins Wasser stiegen und ihre Angeln auswarfen. Romy nahm ihr Handtuch hervor und trocknete sich ab, als würde sie jeden Morgen hier schwimmen. Sie zog die Sachen aus dem Versteck an und sah noch einmal über dieses Meer, das vom Ufer aus so ruhig wirkte. Türkis bis auf den Grund. Ein Friedhof, dachte Romy. Und ging weg. Für immer.

***

Wie von einer unsichtbaren Kraft wurde Pasquale nach unten gezogen. Er war zu benommen, um sich zu wehren. Er sank im milchig grünen Wasser. Irgendwann öffnete er den Mund, die Augen. Er sah Romy vor sich. Er wollte zu ihr. Er ruderte verzweifelt mit den Armen. Er schaffte es nach oben.

Zwei Fischer fanden ihn, als er wie leblos auf dem Rücken in den Wellen trieb. Sie bargen ihn in ihrem kleinen Boot, beatmeten ihn und pumpten ihm das Wasser aus den Lungen. Das Erste, was Pasquale wahrnahm, war der Geruch von Fisch. Dann die Kälte.

Leute vom Seenotrettungsdienst übernahmen und versorgten ihn auf dem Weg in die Klinik in Lübeck.

Pasquale fragte nach dem Segelboot. Nach Romy.

Ein Sanitäter legte ihm beruhigend die Hand auf die Schulter, ohne zu antworten.

»Ihr müsst sie suchen!«, flehte Pasquale.

***

Die Polizei suchte. Vergebens. Pasquale gegenüber erwähnten sie nur das nicht auffindbare Boot. Kein Wort über Romy. So als hätte es sie nie gegeben.

Zwei Kripobeamte befragten ihn, während eine Infusion tropfenweise in seinen Körper floss. Nach dem Boot. Woher er es hatte. Nach der toten Frau Bergmann. Als sie ihn fragten, ob er in der gestrigen Nacht auch den Mordversuch an Nina Wagner verübt und sie vom Brodtener Ufer in den Abgrund gestoßen hätte, stritt Pasquale das vehement ab. »Das muss jemand anders gewesen sein!«

Dann schoss ihm durch den Kopf, dass es Romy gewesen sein könnte. Ihm kam auch der Gedanke, dass er alles auf Romy schieben könnte.

Doch Romy war tot. Und das war seine Schuld. Alles war seine Schuld.

Schließlich nahm Pasquale alles auf sich. Das war das Wenigste, das er noch für seine große Liebe tun konnte.

Zwei Stunden später kam die Polizei mit dem Haftbefehl.

ZEHN

Der Wind trieb schwarze Wolken vom Festland nach Travemünde und wirbelte den Sand am Strand auf. Auf der Promenade wurden die ersten Buden für die Travemünder Woche aufgebaut. Handwerker verlegten meterweise Bretter für eine Tanzfläche vor einer großen Bühne. In Lübeck schien es bereits zu regnen. Nina und Jan beeilten sich, ins wenige Meter entfernte Maritim zu kommen, um in der Night-Sailor-Bar, statt in der im Freien liegenden Strandoase, einen Absacker zu trinken. Hier konnte man in Ruhe reden, die Bar war selten gut besucht. Heute allerdings war es voll, zum Glück fanden sie noch einen Tisch am Fenster. Ein DJ legte Howard Carpendale auf. Die Gäste waren sämtlich um die sechzig und unterhielten sich angeregt. Vielleicht eine Gruppe, die ein Arrangement im Maritim gebucht hatte und mit dem Bus angereist war.

Regen schlug gegen die Fensterscheiben. Nina nahm die Halskrause ab und legte sie neben sich auf die Fensterbank. Jan bestellte bei der Bardame, die den ganzen Laden allein schmiss zwei Prosecco Aperol und fragte bei der Gelegenheit, ob heute noch etwas Besonderes geplant sei.

»Wir haben einen Superstar zu Gast«, antwortete die Bardame verheißungsvoll, als müssten Jan und Nina wissen, wen sie meinte, und wandte sich dem Nachbartisch zu.

Der DJ legte »Money, Money« von ABBA auf.

Nina nahm den Strohhalm aus ihrem Glas und trank einen Schluck. »Ich finde, dass die Polizei die Spur der Frau, mit der Pasquale Schöne zusammen war, verfolgen sollte.«

»Wozu? Pasquale Schöne hat alles gestanden.«

»Aber man hat kein Geld, keinen Schmuck, man hat nichts bei ihm gefunden. Nicht einmal das Auto ist mehr da.«

»Er hat ausgesagt, alles verjubelt zu haben.«

»Ich glaube das nicht! Alexander Bergmann und seine Frau wollen übrigens versuchen, ihr Erbe von Pasquale Schöne einzuklagen.«

»Irgendein Anwalt wird ihnen vielleicht falsche Hoffnungen gemacht haben und gut daran verdienen.«

»Du würdest die Sache nicht übernehmen?«, fragte Nina.

Jan schüttelte den Kopf. »Frau Bergmann hat zu Lebzeiten alles verschenkt. Das durfte sie. Da kann man nichts einklagen.«

Regentropfen liefen die Scheiben herab und hinterließen eine Spur im Meersalz, das darauf lag.

»Und? Wird dein Vater die Wohnungen für die Bergmanns verkaufen?«, fragte Nina.

Jan antwortete nicht.

Eine große beleuchtete Fähre, gefolgt von einem kleinen Lotsenboot, fuhr die Trave hinauf Richtung Meer.

»Weißt du, was komisch ist?«, fragte Nina, ohne eine Antwort abzuwarten. »Manchmal denke ich, er ist gar nicht tot. Manchmal denke ich, mein Vater lebt noch. Er könnte zum Beispiel hier unter den Gästen sitzen, und ich würde ihn nicht erkennen. Oder erkennt man seinen Vater immer wieder, auch wenn man ein kleines Kind war, als man ihn das letzte Mal gesehen hat?«

»Ich dachte, er wäre mit seinem Boot gekentert und ertrunken«, sagte Jan.

»Man hat ihn nie gefunden. Mein Vater könnte irgendwo leben, ohne dass ich es weiß. Vielleicht wollte er einfach ein neues Leben beginnen«, fügte sie hinzu. »Ohne meine Mutter. Und ohne mich.«

Jan dachte an die eigentümlichen Blicke und Andeutungen, die seine Eltern vor Jahren gemacht hatten, als Jan mit Nina befreundet war. Er hatte sich nicht weiter darum gekümmert. Auch für Nina war damals ihr Vater nie ein Thema gewesen. Weshalb fing sie jetzt damit an?

Der DJ drehte die Musik ab. Der Superstar marschierte ein.

»Vielleicht sollte ich nach ihm suchen. Nach meinem Vater«, sagte Nina.

Der DJ legte mit seiner Anmoderation los. Er freue sich, Roger Lantini, der vor ein paar Jahren im Finale der Sendung »Supersänger« gewesen sei, ankündigen zu dürfen.

Jetzt wussten Jan und Nina, was die Barfrau gemeint hatte –

die erfolgreiche Sendung eines Privatsenders, die Jahr für Jahr, Staffel für Staffel lief.

Der stark sonnenbankgebräunte und geschminkte Roger Lantini begrüßte das Publikum, gab dem DJ das Zeichen für Halbplayback und sang einen italienischen Evergreen nach dem anderen. Das Publikum, das seit zwanzig Uhr auf ihn gewartet und in dieser Zeit diverse Drinks zu sich genommen hatte, unterhielt sich auch während der Show angeregt, jetzt umso lauter, damit man sich bei dem Gesang noch verstand. Der Agent des Supersängers stand an der Bar und sah auf die Uhr, als müssten sein Künstler und er gleich noch weiter, in die nächste Bar.

Roger Lantini schwenkte die Hüften, dabei wehten die silberfarbenen Ketten, die an den Schulterpolstern seines roten Jacketts befestigt waren. Bei »Amor, Amor« forderte er eine Dame auf, die sich bereitwillig auf die kleine Tanzfläche ziehen ließ und ausgelassen mit dem Sänger tanzte, der um die fünfzig sein musste. Als der Titel zu Ende war, klatschte das Publikum anerkennend. Roger Lantini machte einen Kniefall vor seiner Tanzpartnerin. Nach genau dreißig Minuten war die Show vorbei. Der Sänger und sein Manager verschwanden. Der DJ legte einen Titel von Albano und Romina Power auf.

Nina und Jan stießen lachend die Gläser aneinander.

»Vielleicht sollten wir öfter zusammenarbeiten«, sagte Nina. »Du als Anwalt. Ich als deine Ermittlerin. Ganz offiziell.«

Wenn Jan etwas nicht wollte, dann war es das. Wenn er etwas wollte, war es, dass Nina in Travemünde blieb. Bei ihm. »Ich werde darüber nachdenken«, sagte er. »Aber nur, wenn du mir versprichst, dass du nie wieder klaust.«

»Ich habe die Tasche mit dem Geld nicht geklaut«, widersprach Nina.

»Ich weiß«, antwortete Jan.

Er nahm ihre Hand. »Der ist schön«, sagte er und tippte auf den Ring mit den schwarzen Strass-Steinen an ihrem Mittelfinger.

Nina schoss Röte ins Gesicht. Es kam ihr plötzlich vor, als würde der Ring an ihrer Hand glühen. Sie zog ihn vom Finger.

»Hör auf damit«, sagte Jan. »Mir zuliebe.«

Nina schob ihren Sessel nach hinten. »Lass uns noch woanders hingehen!«

Während Jan zahlte, stand sie bereits draußen vor dem Eingang des Hotels. Ihre Knie zitterten. So war es also, wenn man beim Klauen erwischt wurde. Sie würde es wohl nicht noch einmal tun. Nicht Jan zuliebe, sondern weil ihr nun der Spaß daran verdorben war.

Es hörte auf zu regnen.

»PM-Kneipe?«, fragte Jan, als er sich neben sie stellte und den Arm um ihre Schulter legte.

»Smokys«, sagte Nina.

Die schweren Wolken zogen aus Travemünde weg übers Meer, nach Timmendorf.

Danksagung

Ich danke meiner Freundin und Kollegin Petra Würth für eine entscheidende Anregung für diesen Roman sowie Dr. Gabriele Raudszus für die hilfreichen Anmerkungen.
Außerdem danke ich meinem Mann, der mich ermutigt hat, einen Schreibtisch in Travemünde aufzustellen.
Und ich danke Travemünde – für die große Inspiration.

Anke Gebert, im Sommer 2012